언니들은 가볍게 날아올랐다

언니들은 가볍게 날아올랐다

초판 1쇄 발행 2024년 5월 15일

지은이 김주욱
화가 양경렬
펴낸이 장현수
펴낸곳 메이킹북스
출판등록 제 2019-000010호

디자인 최미영
편집 이정아
교정 안지은
마케팅 김소형

주소 서울특별시 구로구 경인로 661, 핀포인트타워 912-914호
전화 02-2135-5086
팩스 02-2135-5087
이메일 making_books@naver.com
홈페이지 www.makingbooks.co.kr

ISBN 979-11-6791-546-7(03810)
값 18,000원

ⓒ 김주욱 2024 Printed in Korea

잘못된 책은 구입하신 곳에서 바꾸어 드립니다.
이 책의 전부 또는 일부 내용을 재사용하려면 사전에 저작권자와 펴낸곳의 동의를 받아야 합니다.

홈페이지 바로가기

메이킹북스는 저자님의 소중한 투고 원고를 기다립니다.
출간에 대한 관심이 있으신 분은 making_books@naver.com으로 보내 주세요.

김주욱 단편소설

메이킹북스

언니들은 가볍게 날아올랐다

중년의 상처와 슬픔을 유희로 만드는 수다

008. 소설가의 말

■ □ ■ □

013. 구 씨 여인의 부활

039. 언니들은 가볍게 날아올랐다

063. 레일크루즈 패키지여행

089. 경대 앞에서

111. 굽다리 요강

133. 생선 썩은내가 나지 않는 항구

159. 불의 정원

183. 작품 해설

■ □ ■ □

클럽팬텀 <다시 읽는 참사의 후일담>

수록작품 발표지면

화가 소개 | 수록 그림 목록

[소설가의 말]

중년들의 명랑한 젠더 뉴트럴 라이프의 시작

『언니들은 가볍게 날아올랐다』의 단편소설들 모두 중년이 주인공이며 중년의 일상에서 벌어지는 사건들입니다. 중년의 문제들을 각자의 경험에 중점을 두고 풀어가는 이야기로 자신을 담가두던 영토에서 벗어나 새로운 영토를 찾아 나서는 여정입니다. 중년이 되어 생물학적 신체를 덜어낸 인물들은 다시 태어납니다. 젠더성에 갇히지 않고 새롭게 온전한 삶을 결의한 인물들은 씩씩하고 솔직합니다. 서로를 여자와 남자로 구속하지 않는 이들이 만들어내는 안정된 시너지를 바탕으로 서사는 그렇게 태연하게 흘러가는 듯하지만, 다시 성의 표식을 발견하면서 갈등을 빚는 이야기들입니다.

보는 소설, 읽는 그림

『언니들은 가볍게 날아올랐다』는 네 번째 단편소설 작품집입니다. 첫 단편소설 작품집은 다양한 직업의 생생한 경험을 통해 누구나 살아가면서 맞닥뜨릴 법한 생의 한순간을 포착했고 두 번째 단편소설 작품집은 미학적 성취를 위해 모티브가 된 제재로만 끝까지 밀어붙이는 기법으로 외로운 존재들의 삶의 순간을 비추어 보았습니다. 세 번째 단편소설 작품집은 세상을 거꾸로 그린 그림에서 이야기를 읽고 소설에서 그림의 장면을 보게 만드는 그림의 이야기와 소설의 이미지가 만나는 융합을 시도했습니다. 세 번째 단편소설 작품집에 이어 이번 네 번째 단편소설 작품집에도 참여한 양경렬 화가는 단편소설들을 그림으로 재해석했습니다. 단편소설 앞에 함축적으로 제시한 그림은 문학과 미술의 융합이기에 그림의 제목이 단편소설의 제목과 같으며 소설을 부연하는 삽화가 아니라 엄연한 독립작품입니다. 또한 양경렬 화가의 위선을 내려놓고 자존감을 가진 인간을 묘사한 'Naked King' 시리즈에서 발탁한 그림을 단편소설 뒤에 연출하여 이야기의 여운을 유도했습니다.

구 씨 여인의 부활

정육점 식당에서 나오자 때는 이미 저녁나절에 가까워졌다. 가랑비가 내리고 있었다. 가로등의 누런빛에 반사된 빗방울이 불에 달려드는 나방의 비늘 가루처럼 선배의 어깨에 떨어졌다. 큰길가 호프십으로 걸어가는 선배의 뒷모습이 위태로웠다. 짐을 잔뜩 지고 고개를 오르는 듯했다.

구 씨 여인의 부활

올해 여름엔 거의 매일 비가 내렸다. 앞산의 나무는 부풀어 오른 듯 우듬지가 솟았고 빗물에 씻긴 도로는 매끄러웠다. 촬영감독을 집에 초대했다. 한우 차돌박이와 와인을 대접할 생각이다. 오랜만에 창문을 활짝 열고 책상 정리를 하다가 서랍 깊숙이 숨어 있던 태아 사진을 발견했다. 선배의 자궁에 안착하여 있었던 생명이었다. 나에게 태아의 모습은 선배가 숨을 거두고 침대에 미라처럼 누워 있던 장면보다 더 자극적이었다. 태아의 사진은 이야기의 좋은 모티브이다. 주로 영화나 드라마에 자주 등장하는 초음파 태아 사진은 행복이자 바로 불행의 상징이다. 나에게 이 사진은 성공을 염원하는 부적이었다. 나는 부적을 재떨이에 놓고 태웠다. 이런 사진을 누가 본다면 괜한 오해를 살 수 있을 것 같아서다.
  편집 작업 때 촬영감독이 나에게 물었다. 그녀는 임신사실을 알았을까 몰랐을까? 나는 몰랐을 거라고 했다. 알았다면 살고자 하는 욕망이 생겼을 것이라고 했다. 그러자 촬영감독은 오히려 임신 사실을 알고 영원히 사는 미라 즉 가상인체가 되겠다는 생각을 굳힌 것 같다고 했다.

냉동고에서 꺼낸 시신은 냉동 화상을 방지하는 폴리비닐알코올이 거칠게 발려 있었다. 형태를 떠내기 위해 석고를 두껍게 바른 것 같았다. 앤드루메디컬센터 가상인체 기술자들은 류 박사의 지시에 따라 폴리비닐알코올을 벗겨낸 다음 시신을 거대한 육절기 슬라이드에 고정했다. 카바이드 멀티 휠이 절삭을 위해 고속 회전했다. 슬라이드가 움직일 때마다 시신은 머리카락 두께만큼 앞으로 밀려 나갔다. 나무처럼 단단하게 냉동된 시신은 얇게 저며지는 것이 아니라 톱밥처럼 가루가 되었다. 입체 스캐너는 슬라이드가 움직일 때마다 노출되는 시신의 횡단면을 입력했다.

류 박사와 작업장 안쪽에 설치한 유리부스 안에서 시신이 가루로 변하는 걸 지켜봤다. 시신이 디지털 데이터화 되는 과정은 느리고 정교했다. 모니터로 보는 시신의 사진은 컴퓨터 단층촬영이나 자기공명영상을 합쳐 놓은 것 같았다. 시신의 몸체와 사지, 피하지방층 그리고 척추를 포함한 근골격, 흉부 및 복부의 장기들이 차곡차곡 입력되기 시작했다. 퀭한 눈으로 모니터를 보던 류 박사가 마른세수하며 말했다.

"이제 시작이야. 앞으로 조직과 기관, 혈관 등의 구조가 잘 보이게 만드는 보정 작업이 얼마나 걸릴지 모르겠어."

시신이 갈려나가는 장면이 부담스러워 잠시 고개를 돌렸다. 작업장에선 카메라 감독이 양미간에 힘을 주고 절삭 장면을 촬영했다. 촬영을 위해 설치한 조명이 밝아 시신의 절삭 단면이 냉장육처럼 보였다. 30대 후반의 촬영 감독은 나에게 에너지를 샘솟게 만드는 파트너다. 처음 봤을 때 새까만 말총머리, 가뭇한 눈썹, 웃음기 적은 입술, 넓은 미간이 나를 사로잡았고 카메라를 들고 뛰어다니는 여성의 모습이 매력적이었다. 나는 다시 모니터 영상에 집중했다.

"이 프로젝트로 투자 많이 받으실 겁니다."

"다큐멘터리 영화도 히트를 칠 거야."

류 박사는 일차 공정인 절삭과 스캔작업이 끝나려면 한나절은 걸릴 거라 했다. 시계를 보니 정오가 넘어가고 있었다. 어제부터 촬영팀과 동선을 잡느라 제대로 식사를 못해 허기가 졌다. 작업장 사람들 모두 일차 공정이 끝날 때까지 자리를 뜨지 않을 모양이었다. 간단히 요기하려고 앤드루메디컬센터 지하 스튜디오에서 나와 길을 건넜다. 수제 햄버거 가게가 눈에 띄었다. 아메리칸 치즈, 베이컨, 구운 양파를 곁들인 치즈 스커트 세트를 주문하고 테라스 자리에 앉았다. 사십 년은 넘은 듯한 은행나무의 잎사귀가 봄바람에 흔들렸고 따스한 햇살이 살아 있는 존재처럼 테라스에 넘어와 있었다. 지금 디지털 가상인체로 부활하고 있는 선배는 공해와 병충해에 강한 은행나무같이 굳건했고 은행나무 잎의 연두와 노랑처럼 계통을 벗어나지 않으면서 색깔이 분명했다. 사람들은 선배를 존경했지만 나는 그저 은행나무가 만들어 주었던 그늘 같은 시간을 누렸을 뿐이다. 햄버거가 나왔다. 치즈가 패티를 스커트처럼 덮고 늘어져 있었다. 먼저 치즈 스커트를 벗기듯이 뜯어먹을 때마다 패티가 조금씩 드러났다. 햄버거를 한입 베어 먹었다. 패티의 식감이 부드러웠다. 소고기의 입자가 거의 느껴지지 않을 정도였다. 카바이드 멀티 휠에 가루가 되고 있는 시신이 떠올랐다. 그 가루를 다져서 굽는다면 이보다 더 부드러울 것이다. 선배가 죽은 지 얼마 지나지 않았는데 슬픔은 벌써 사라지고 연민만 남았다. 선배는 오 년 만에 불쑥 나타나더니 그날로부터 석 달 후 세상을 떠났다. 선배는 유방암이 전이되는 동안 치료를 거부하고 진통제로 버티면서 죽음을 넘어 부활까지 준비했다. 가상인체 프로젝트는 사후 시신을 기증하여 일종의 디지털 마루타가 되어 의학 연구에 공헌하는 것이다. 류 박사는 가상인체에 관한 사회의 반응이 좋으면 선배를 생전 겉모습대로 재현하고 목소리까지 입힌 아바타를 만들 계획도 세웠다.

류 박사는 점심도 먹지 않고 유리부스 안에서 모니터를 들여다보고 있었다. 얼어붙은 시신이 횡단면으로 미세하게 잘려 나가면서 조금씩 부활했다. 대리석 무늬 같은 지방과 근육, 금색을 띠는 부신, 갈색을 띠는 간을 확인하던 류 박사가 자궁을 촬영한 데이터만 따로 저장하여 나에게 보여줬다. 자궁 안에 손가락 길이의 핑크빛 덩어리가 보였다. 류 박사가 그 부분을 확대했다. 그것이 나를 보고 꿈틀거리는 듯했다.

"이게 뭐죠?"

"이거, 뜻밖의 수확이야."

자세히 보니 그것은 제대로 모양을 갖추기 시작한 태아였다. 순간 현기증이 났다. 온몸의 피가 순식간에 증발하는 것 같아 어지러웠다. 잠시 의자에 앉아 머리를 유리벽에 기대고 있다가 다시 모니터를 봤다. 꼬리가 달려있고 팔다리로 발달할 사지의 발아 돌기가 선명했다. 물갈퀴처럼 보이는 두 손과 두 발 그리고 희미한 얼굴의 형상을 부는데 생목이 잡혔다. 화장실로 달려가 양변기를 붙잡고 속을 게웠다. 점심으로 먹은 햄버거는 끝내 나오지 않고 쓴 물만 나왔다. 선배는 죽기 전에 임신 사실을 알고 있었을까. 뭐라 표현할 수 없는 감정이 내 속을 까맣게 태웠다.

 몇 달 전 창문을 통해 연둣빛이 스며드는 봄날이었다. 고기는 물론이고 된장찌개와 밑반찬이 맛있는 정육점 식당에 갔다. 주인장이 주방에서 전동 육절기로 고기를 썰고 있었다. 선배는 육절기 슬라이드에 고정된 고기가 왔다 갔다 하며 얇게 저며지는 모습을 관찰했다. 나는 창가 쪽 자리에 앉아 벽에 붙은 메뉴판을 바라보며 말했다.
 "내가 쏠게, 먹고 싶은 거 시켜."
 선배는 자리로 와서 메뉴판을 보더니 대패삼겹살을 골랐다.
 "비싼 거 먹지 그래?"
 "이거 먹어보고 싶었어."
 대패삼겹살과 참이슬을 주문하고 기다리는 동안 오 년 만에 만난 선배를 훑어보았다. 사십대 후반으로 들어선 선배의 안색이 안 좋았다. 얼굴 주름이 피어나고 있었고 머리는 염색한 지 오래되어 머리카락 뿌리가 하얗게 올라와 있었다. 요즘은 외모에 전혀 신경 쓰지 않는 모양이었다. 선배와 눈이 마주치는 바람에 시선을 내렸다. 목이 많이 파인 티셔츠여서 가슴골이 살짝 보였다. 가슴을 자꾸만 쳐다보는데 고기와 술이 나왔다. 나는 소주잔에 술을 따르며 말했다.
 "잘 먹고 죽은 귀신 때깔도 좋다는데 실컷 먹어."
 "낮술 오랜만이다."
 낮술을 먹기에는 이상적인 날씨였다. 거리엔 연둣빛 햇빛이 맑은 하늘에서 내리비치고 바람이 출렁임 없이 불어와 새순이 돋아난 가지를 흔들었다. 바쁘게 걸어가는 사람들을 바라보니 오랜만에 행복해졌다. 나는 활짝 웃으면서 말했다.

"이렇게 다시 만나니 반갑네."

"난데없이 전화해서 놀랐지."

우리는 건배했다. 오후 햇살에 소주잔은 빛났고 빈속에 찬 소주가 들어가자 가슴이 뜨거워졌다. 소주병 표면에 맺힌 물방울이 이슬 같았다. 젊었을 때는 초심을 버리지 말자는 의미로 처음처럼을 마셨고 지금은 찌든 몸과 정신을 정화하고 싶어 참이슬을 마신다. 우리는 한때 서로 다른 온도 차로 인해 발생하는 물의 응결을 이루었다가 물이 수증기가 되어 날아가고 다시 물로 응결하는 과정을 거치면서 연인이 될 뻔했었다. 그런데 선배가 타임캡슐에 몰두하면서 흐름이 끊기더니 우리 사이에 더는 물방울이 맺히지 않았다.

타임캡슐은 선배가 참여한 미라 발굴 프로젝트였다. 선배는 파주시 교하읍 교하리 야산에서 발굴한 수백 년 묵은 시신을 통해 얻은 다양한 정보를 바탕으로 당시 삶을 들여다보는 연구를 진행했다. 미라 연구에는 역사학, 고고학, 복식학, 생물학, 지질학, 한의학 등 다양한 분야의 학문이 동원되었는데 선배는 병리학자였고 프로젝트의 선임연구원이었다. 아는 영화감독의 초대로 단편 영화제 뒤풀이에 갔다가 선배를 만났다. 듬직하고 개방적인 성격에 매료되었다. 선배를 향한 애정이 한창 불타오를 때 미라 발굴이 시작되었다. 선배는 연락을 거의 끊고 연구에만 집중했다. 보고 싶었지만 만날 수 없었다. 어쩌다 연락이 되면 보고 싶다고 투정 부리기 싫어 괜히 미라 연구에 관해 진지하게 물어보면서 선배가 일하는 모습을 상상했다. 하루에 내 생각을 한 번이라도 하는지 궁금했지만 물어 보지 못했다. 당시 나는 히트작 없는 시나리오 작가였다. 명문 의과대학을 졸업하고 의사면허를 취득한 후 해부 병리학을 세부 전공한 선배와 비교하면 괜한 자격지심이 생겼다. 학벌은 딸렸지만 다른 것으로 나를 각인시키고 싶었다. 내가 잘 할 수 있는 것은 상상력으로 이야기를 구성하는 것이었다. 선배의 연구 과정에 등장한 풀리지 않는 수수께끼를 상상력을 동원해서 이야기로 만들어 전달했더니 그게 진짜 문제 해결의 실마리가 되었다. 선배의 입장에선 나에게 관심을 보이게 된 전환점이었다. 예를 들면 조선시대 등장한 회곽묘는 석회와 가는 모래 황토를 섞어 덮었기 때문에 철저하게 차단된 밀폐 공간이라 시신이 부패하지 않았다고 할 수 있지만 산소 없이도 살 수 있는 혐기성 세균은 풀리지 않는 수수께끼였다. 예전에 얼굴을 석고로 떠서 가면을 만들었던 영화 소품 작업이 떠올랐다, 석고와 물이 교반할 때 열이 난다는 것을 알고 있었다. 시신이 부패하지 않은 것은 열소독 때문이란 추측을 하였다. 내 상상력은 적중했다. 선배는 석회와 물이 산성토양에서 고열을 내는 화학반응에 착안하여 회곽묘의 조건을 갖추고 실험한 결과 관의 내부가 200도까지 올랐다고 했다.

  선배는 내 상상력을 칭찬하며 술을 사주겠다고 했다. 만나서 술을 마시다 미라 발굴의 뒷이야기가 나왔고 내가 흥미진진해 하자 취한 선배는 집에 가서 노트북에 저장된 발굴일지를 보여주겠다고 했다. 집으로 가는 동안 취해서 미라 이야기를 떠들어대는 선배의 입술을 보며 키스하는 상상을 했다. 그러나 선배는 집에 들어가자마자 취기가 달아난 얼굴로 노트북을 열었다. 파주 야산에서 발굴한 미라에 관한 내용이었다. 돌처럼 굳어진 회곽묘를 분쇄하여 외관과 내관을 들어 올리자 내관의 천판에 '능성구씨지구'라고 적은 명정이 나왔다며 사진을 확대했다.

"남자였다면 분명한 이름과 관직명이 적혀 있었을 텐데 여자라는 이유로 이름조차 제대로 적지 않았어."

"조선시대였으니까."

"너무하지 않아? 사람대접도 못 받았어."

선배는 마치 내가 그렇게 하라고 지시한 사람이라도 되는 양 나에게 성을 내면서 계속 관련 사진을 보여줬다. 시신을 감싸고 꽁꽁 묶은 대렴과 소렴을 수습하고 습의와 속옷을 벗겨내자 복부가 부풀어 올라 있었다. X레이 사진을 판독해 보자 부풀어 오른 복강과 골반강 안에서 태아의 골격이 보였다. 태아는 정상 분만 체위였다. 이름은 모르고 성씨만 알 수 있는 여성은 분만 중에 난산한 것으로 추정되었다. 부패가스가 태아를 밀어내기 때문에 자궁에서 태아가 발견될 가능성은 적었다. 그 부분에는 산부인과 전문의의 소견을 적은 메모가 첨부되어 있었다. 태아의 머리가 모체의 질 전장을 통과하여 외음부까지 도달, 자궁벽과 오른쪽 복벽이 흑갈색으로 변색, 출산 직전 자궁파열에 의한 출혈로 인한 쇼크가 원인이었다.

"산모는 아기가 세상의 빛을 보기 직전에 죽었어."

"그러게, 가문을 위해 아이를 낳다 죽었는데 이름도 밝히지 않은 건 너무했어."

"공감하지도 않으면서 말은……."

흥분하는 선배에게 동조하는 척하며 호시탐탐 선배를 덮칠 기회를 엿봤다. 아무것도 모르는 줄 알았던 선배는 이미 그런 나의 속내를 꿰뚫고 있었고 때가 되자 막상 별 저항 없이 나를 받아들였다. 선배는 소파에 앉아 눈을 감고 나의 애무를 받아들였다. 천천히 옷을 벗긴 다음 미끄러지듯 이어나가려고 할수록 흐름이 끊겼다. 한 손으로 내 것을 만져 보았다. 아직 힘이 들어가지 않았다. 다시 위로 올라와 키스하는데 선배가 눈을 뜨고 나를 잡아당겼다. 그러나 내 것은 여전히 단단해지지 않았다. 심인성 발기부전인 나는 선배의 그런 태도에 겁이 났다. 예전에도 이런 적이 있었다. 똑똑하고 늘씬해서 인기가 좋은 여자였다. 파티가 끝나고 나 같은 놈은 쳐다보지도 않을 것 같은 여자를 집에 데려오는 것까지는 성공했으나 내 것이 말을 듣지 않았다. 나는 선배에게 가볍게 키스한 다음 마치 오줌이 마려운 것처럼 화장실에 들어가 이를 악물고 흐느꼈다. 화장실에 다녀와서 다시 시도하지 못했다. 흐름이 끊겨 버렸고 다시 했다가 또 실패할까 봐 불안했다.

"미라가 자꾸 떠올라, 미라가 나를 부르는 것 같아."

"냉장고에서 맥주나 가져와."

나는 냉장고에 있던 맥주를 모조리 마시고 오전에 중요한 약속이 있다고 하고 새벽에 나왔다. 집에 와서 누웠지만 잠이 오지 않았다.

파주 야산에서 발굴한 미라 때문에 조선시대 여인의 삶에 관심을 가지게 되었다. 그 즈음 패배감에 시달리다 도피처를 찾은 것이다. 선배에게 아니라고 했지만 본능적으로 이야기 소재를 찾은 것이다. 사극을 쓰고 싶어서 선배의 발굴일지에 등장한 구 씨 여인의 옷고름을 찍은 사진을 모티브로 자료조사에 들어갔다. 구 씨 여인은 성종 16년 을사년 1485년에 사망했을 것이다.

그 뒤로 미라 연구에 관해 자꾸 물어보자 선배는 귀찮아했다. 뭔가 풀리지 않는 수수께끼가 있음에도 나에게 말하지 않았다. 내가 시나리오 모티브를 찾으려고 안달이 난 것을 알아차린 듯했다. 선배는 상상력이 진실을 규명하는 좋은 도구라는 것을 알면서도 나를 무시했다.

의외로 선배는 미라 발굴을 마무리하고 나에게 먼저 연락했다. 언젠가 선배가 특별한 직업도 없이 뭐 먹고 사냐고 해서 전세 놓은 내 아파트도 있고 아버지가 매달 용돈을 준다고 했더니 그다음부터는 서슴지 않고 맛있는 것을 사달라고 하면서 말끝마다 나를 비아냥거렸다. 내가 아들이라서 부모의 재산을 노력 없이 받아먹는다는 식이었다. 생선회가 먹고 싶다고 하여 열심히 검색했더니 만나서는 육회가 당긴다고 했다. 우린 한우 고깃집에 가서 육회를 주문했다. 나는 조선시대 왕을 소재로 한 영화에 관해 이야기했는데 그날따라 선배는 내 이야기를 듣는 둥 마는 둥 하더니 그동안 쌓인 스트레스를 내게 풀려는 듯 말꼬리를 잡으며 투덜거렸다. 능력이 없음에도 왕위를 물려받거나 똑똑한 공주를 제치고 어린 나이에 왕이 되어 휘둘렸던 인물을 내세웠다. 나는 참다못해 오늘 왜 이렇게 예민한지 모르겠다고 빨간 날이냐고 물었다. 선배는 나를 노려봤다. 나는 외면하고 육회를 비볐다. 고기가 녹으면서 계란 노른자와 양념 섞인 핏물이 접시에 깔려 있던 배채에 붉게 물들었다. 선배는 한우 우둔살만 가려 먹으면서 말했다.

"핏덩이가 한 달에 한 번씩 다리 사이로 나올 때 어떤 기분인지 알아?"

"맛있게 먹고 있는데 왜 그래. 오늘 진짜 빨간 날이야?"

"생리는 감정이나 인지 능력에 직접적인 영향을 주지 않아."

"실컷 저질러 놓고 생리 호르몬 탓하는 여자들 많이 봤어."

"합당한 이유로 화를 내도 호르몬 때문이라고 치부하지. 여자는 감정적이고 남자는 논리적이라는 고정관념을 가진 놈들이 꼭 그래."

"오늘도 결론이 빤히 보여. 가부장제로 이어지면서 내가 남성을 대표해서 욕먹는 거 지긋지긋해."

"그럼 안 만나면 될 거 아냐!"

나는 자리를 박차고 일어나려다 참았다. 다시 다툼이 생겼을 때 나를 방어하기 위해서 혹시 내가 잘못한 것이 있나 생각했다. 선배는 혼자 연설했다. 여성의 능력을 폄하하고 통제하려고 호르몬과 모성 신화를 만들었다고. 그날은 비싼 육회를 절반이나 남기고 소주만 마시다가 헤어졌다. 나중에 선배의 SNS를 검색하다가 함께 일하는 연구원이 자주 등장하는 것을 발견했다. 귀티가 나는 훤칠한 외모의 이혼남이었다. 그 남자는 여성에 관한 편견과 고정관념이 없는 모양이었다. 초라해진 나는 선배에게 적극적으로 연락하지 않았다.

오후 햇살에 빛나는 소주잔에 술을 따르는데 대패삼겹살이 나왔다. 얇게 썬 고기가 둥글게 말려 있어서 양이 많아 보였다. 대패삼겹살을 달군 솥뚜껑 불판에 올렸다. 살점이 허물어지면서 바로 육즙이 흘렀다. 젓가락으로 육즙을 끌어 모으자 살점이 되었다. 선배는 고기 몇 점을 자기 앞에 모아 놓고 부침개를 뒤집듯이 정성 들여 고기를 구웠다. 나는 가위와 집게를 들고 부지런히 고기를 뒤집으며 먹기 좋게 잘랐다. 선배는 나에게 먹어보란 소리도 없이 노릇하게 잘 익은 삼겹살을 상추에 싸서 먹으며 말했다.

"나 죽으면 시신을 기증하기로 했어."

"죽을병에 걸린 거야?"

"얼마 남지 않았어. 진통제에 취해 버티고 있어."

선배는 대답 대신 소주잔을 비우고 오묘한 표정을 지었다. 오 년 동안 소식이 끊겼는데 며칠 전 선배의 전화를 받았다. 용건은 나를 가상 인체를 위한 사후 인체 기증 프로젝트 기록 작가로 고용하겠다는 내용이었다. 선배는 고기가 익는 족족 집어 먹더니 소주를 연거푸 마시고 나서 말했다.

"지금은 죽는 원인보다 죽음의 의미가 더 중요해."

"고기를 엄청나게 좋아했으니까 포화지방산이 원인이었을 거야."

선배는 피식 웃더니 고기를 두세 점씩 집어 먹었다. 나는 몇 점 집어 먹지도 못했다. 나는 대패삼겹살 이 인분을 더 시켰다. 주방에서 전동 육절기가 예리한 소리를 내며 냉동된 고기를 썰었다. 선배는 배추김치를 불판에 올리면서 말했다.

"다른 집은 썰어서 꽝꽝 얼려놓는데 여긴 살짝 언 것을 잘라주네. 그래야 얇게 잘리나 봐."

"오랜만에 봤더니 많이 변했어. 식욕도 왕성해지고."

"그동안 많은 일이 있었어. 결혼도 했었고, 시한부 진단도 받았고."

결혼은 했을 법도 했지만 병에 걸렸다는 것은 믿기지 않았다. 식욕도 좋고 에너지가 넘쳐 당장에라도 해부실에 들어가 메스를 들고 밤새도록 부검할 수 있을 듯했다.

"진짜야? 어디가 망가진 거야?"

"할 일이 많은데 시간이 없어."

"농담이지?"

선배는 추가한 삼겹살 이 인분을 한꺼번에 불판에 올렸다. 지방과 살코기 부분의 색이 선명했다. 좋은 고기였다. 둥글게 말려 있던 살점이 퍼지면서 육즙이 흥건해졌다. 돼지기름에 불판이 달아올라 불을 줄였다. 나는 선배 얘기를 기다리며 말없이 배를 채웠다.

"어떻게 지냈는지 네 이야기 좀 들어보자."

"시나리오 각색 아르바이트 하다가 내 작품 기획 중이야."

"그래, 어떤 얘긴데?"

선배의 발굴일지를 보고 나서 조선왕조실록 성종 17년(1486)에 등장한 구 씨를 조사했다. 태종의 후손 함령군의 아들 덕성군 이민의 후처다. 파주 야산에서 발굴한 능성 구 씨와 동일 인물은 아니겠지만 같은 인물로 설정한 기획안을 선배에게 얘기했다.

구 씨는 열여덟의 나이에 왕실의 대부호인 이민의 후처로 시집왔다. 이민이 일찍 죽는 바람에 성리학의 규범에 따라 청상과부로 평생 수절해야 하는 자신의 처지가 못마땅했다. 이민은 사별한 전처에게서도 자식이 없었고 구 씨에게서도 자식이 없었다. 이민이 죽자 그의 제사를 받들기 위해 양자가 된 영인군 이순은 양모인 구 씨를 업신여기더니 여종 둘만 남기고 이민의 가산을 모두 빼앗았다. 종친과 혼인하면 부귀를 누린다는 기대가 물거품이 되었다. 외롭고 가난한 삶에 유일한 낙은 과거 준비 차 금산에서 한양으로 올라와 언니 집에 머물고 있는 조카 이인언을 가끔 마주하는 일이었다.

어느 날 조카 이인언의 방문 연락을 받은 구 씨는 곱게 단장하고 여종들을 절에 보냈다. 조카를 기다리며 지난날을 떠올렸다. 방문할 때마다 이모로부터 세심한 관심을 받은 조카는 그것을 유혹이라 생각하고 안방에 침입한 것이다. 구 씨는 거부하였으나 조카의 욕정을 이길 수 없었다. 조카는 정을 통한 사실이 알려지면 둘 다 온전하지 못한다는 것을 의식했는지 옷으로 구씨의 얼굴을 가리고 간음했다. 조카의 성폭력이 비운의 시작이었는데 구 씨는 인식하지 못했다. 해질 무렵 조카가 집에 들어서자 구씨는 대청까지 나가 조카의 손을 잡고 안방으로 데려와 정을 통하였다. 구 씨는 조카를 안으면서 이번이 마지막이라고 다짐했지만 욕망의 물꼬를 거스를 수 없었다.

구 씨는 조카의 아이를 잉태했다. 조카는 아이를 낳은 뒤 숨기라 하고 고향으로 달아났다. 구 씨는 양자에게 재산을 빼앗겼을 때보다 더 마음이 아팠다. 산통이 시작되자 여종이 양자 이순에게 알렸다. 구 씨는 자기가 아이를 낳은 것이 세상에 알려지면 집안 망신을 당한다고 사정했다. 그러나 이순은 구 씨가 처형당하면 남은 재산마저 빼앗을 생각으로 아버지 옥산군 이제를 통해 성종에게 아뢰었다. 자식은 부모를 고발할 수 없었기 때문이었다. 왕위 계승에 문제가 있어 성리학의 가르침에 철저한 도학군주의 이미지를 구축하던 성종은 왕실의 인척이 저지른 추잡한 일을 철저하게 조사했다. 내시 안중경이 실정을 조사하러 구 씨 집으로 갔다. 구 씨는 해산한 몸인데도 옷두 제대로 못 입고 제대로 먹지도 못하고 있었다.

국문이 시작되자 구 씨는 순순히 자백을 했다. 그런데 이인언은 처음에 먼 친척인 안계로가 구씨와 같이 있는 것을 봤다며 둘러대다 거짓임이 드러나자 이모가 유혹하여 어쩔 수 없이 간음했다고 발뺌했다. 또다시 주변 남성에게 배신당한 구 씨는 세상에 아무 미련이 사라졌다. 성종은 구 씨와 이인언을 가을 추수가 끝나고 교수형에 처했고 양자의 도리를 다하지 못한 영인군도 추국하였다. 의금부에서는 영인군 이순을 사형에 처할 것을 요구했으나 왕족인 관계로 목숨은 건질 수 있었다. 구 씨 여인에 관한 전반적인 사실을 이야기하자 선배는 잠시 생각에 잠겼다. 나는 모티브가 된 근친상간에 관한 설명을 덧붙였다.

"구 씨는 조카에게 성폭행당한 후 자결해야 했어. 그러나 구 씨는 계속 조카와 정을 통했지. 그 결과 조카의 아이를 임신, 출산하였고 정상 참작의 여지가 없는 근친상간이자 패륜이란 것이 당시의 중론이었어. 당시 사회는 신분제도와 유교의 영향으로 양민 남녀는 자유롭게 만나 사랑을 나눌 수 없었고 만나기만 해도 예법에 어긋난다고 하여 비난받거나 음란하다고 하여 처벌받기까지 했는데도 가까운 가족관계에서 정이 싹터 연애가 이루어지는 경우가 많았어. 문제는 근친상간을 법으로 강력하게 막았음에도 끊이지 않았다는 것이야."

선배는 소주잔을 던지듯 내려놓으며 말했다.

"구 씨 여인은 패륜으로 패륜을 드러낸 선각자 같은데? 성리학을 기반으로 건국한 조선 사회에서 패륜이 발생할 수밖에 없는 원인을 지적하고 장렬하게 처형당한 여성이잖아. 그런 선각자 캐릭터로 만들어 봐."

"역시 선배다운 발상이야."

"과부는 아이를 낳기 직전 죽는다. 모든 사건의 증거를 없애기 위한 계략이었다. 과부를 죽인 것은 당시 사회제도라는 메시지를 잘 녹여 내면 요즘 트렌드와 잘 맞을 거야. 그리고 첫 장면은 아이를 낳다 죽은 미라의 발굴 장면으로."

소주잔에 돼지기름이 묻어 술맛이 떨어졌다. 선배가 내 빈잔에 소주를 따르려고 할 때 나는 사양했다.

"이제 선배 얘길 해 봐."

잠시 침묵이 흐르고 선배는 입을 열었다.

"일 인분만 더 먹을까? 소주도 한 병만 더."

술과 고기를 주문하자 주인장이 손님이 남기고 간 소주를 가져와서 불판을 닦아줬다. 소주를 부으면서 나무 주걱으로 긁었더니 불판이 깨끗해졌다. 밑반찬과 야채를 더 가져오자 새로 술상을 받은 기분이었다. 대패삼겹살을 불판에 하나하나 올려서 잘 펴주었다. 불판에 달라붙은 살점이 익으면서 하얀 연기가 살짝 피어올랐다. 선배는 불판에 올리지 않은 살점을 보면서 말했다.

"의학 연구를 위해 몸을 기증하기로 했어."

"죽은 다음에 시신을 해부용으로 기증하는 거 말이지? 선배는 참 대단해. 나는 겨우 지난달에 건강보험공단 가서 연명치료 거부 신청하고 왔어."

"시신을 해부용으로 쓰는 건 맞는데 방식이 달라. 사후 냉동시킨 몸을 얇게 저민 뒤 촬영해서 가상인체를 만드는 거야."

"디지털 마루타?"

"내 지식, 경험, 인간성까지 모두 넣어서."

"어떻게?"

"내일부터 나를 따라다니면서 기록해. 그럼 알게 될 거야."

"사람은 어차피 죽는 거니까 그렇다 쳐, 그런데 결혼했었다며, 왜 이혼한 거야?"

"다행히 혼인신고를 하지 않고 살았어. 하마터면 임신했을 때 혼인신고 할 뻔했지."

"누구랑 결혼한 거야? 내가 알아맞혀 볼까, 같이 일하던 연구원이지?"

"아니야, 오래전부터 만나던 대학 동창이었어."

소주가 절로 들어갔다. 혼자 한 잔, 두 잔을 마셨다.

"나 많이 좋아했니?"

"고기는 먹지도 않으면서 왜 시켰어?"

"너 먹으라고."

고기가 느끼해서 묵은 김치를 구워서 같이 먹었다. 배가 불러도 고기가 계속 들어갔다. 나는 이야기를 자세히 듣고 싶었다.

"아이는?"

"유산했어. 임신 육주 차에 아이의 심장 소리를 듣고 기뻤는데 병원에서 안정기에 접어들 때까지 주변에 알리지 말라고 하더라. 그땐 그 말의 의미를 이해했었는데 유산하고 후회했어."

"산모 나이가 많아서 그랬겠지."

"그렇게 단순한 문제가 아니야. 내 경우는 유산을 했을 때 주변의 도움이 필요했는데 임신에 대해 말하지 않았으니 혼자 속으로 모든 것을 삭여야 했어."

"남편한테도 얘기를 안 했어?"

"아들 원하는 집안이라서 섣불리 알렸다가 잘못되면 어떡하나 했지."

"그래도 그렇지……."

"그 사람에 대한 감정도 그렇고 결혼 자체에 회의가 일면서 혼돈의 상태가 되었어."

"선배는 고분고분하게 살 스타일이 아니지."

"나중에 임신했었다는 사실을 알게 되었어. 유산은 여자 잘못이 아닌데, 임신, 출산 관련하여 모든 것이 내 책임으로 귀결되었어."

"집에서 쉬어야 하는데 똑같이 일에 미쳐 있었겠지. 맞지?"

오늘의 주제는 가부장제보다 더 엄청난 것으로 넘어갈 것 같아서 대화의 흐름을 끊어야 했다. 골목에 나가 담배를 피우고 화장실에 다녀왔다. 이차로 호프집에 가서 시원한 생맥주를 마시자고 했다. 선배는 피곤하다고 했다. 나는 그래도 가상인체 프로젝트에 관해 자세히 얘기해 달라고 했다.

정육점 식당에서 나오자 때는 이미 저녁나절에 가까워졌다. 가랑비가 내리고 있었다. 가로등의 누런빛에 반사된 빗방울이 불에 달려드는 나방의 비늘 가루처럼 선배의 어깨에 떨어졌다. 큰길가 호프집으로 걸어가는 선배의 뒷모습이 위태로웠다. 짐을 잔뜩 지고 고개를 오르는 듯했다.

호프집 구석자리에 앉았는데 손님이 많아 말소리가 잘 들리지 않았다. 나는 선배 옆자리로 가서 앉았다. 옷에 밴 돼지고기 냄새 사이로 독특한 체취가 풍겼다. 정말 오랜 만에 만난 여자였다. 몇 달 동안 방에 처박혀 소설을 시나리오로 각색하는 아르바이트를 하느라 사람을 거의 만나지 않았다. 향수보다 향긋한 냄새는 사십오 년의 세월을 훈증한 것 같았다. 선배의 향은 자극적인 향기 안에 금세 무르는 과일향이 들어있었다. 기운이 솟았다. 그것이 체취에 자극받은 성욕이라는 생각이 들자 내가 혐오스러웠다. 나는 죽음을 앞에 둔 여자에게서 성욕을 느끼는 남자였다. 감자튀김이 나왔다. 기름진 안주가 계속 당기는 날이었다. 감자튀김에 뿌린 파마산치즈 가루가 기름기와 짭짤함을 중화시키면서 입맛을 자극했다. 건배했다. 맥주가 들어가자 체온이 떨어졌다. 몸을 선배에게 바짝 붙였는데 피하지 않았다. 선배는 상실과 공감에 관해 이야기 했다.

"슬픔을 시원하게 이야기할 수 있고 그 슬픔에 공감해줄 사람이 필요했어."

"남편은 아니었어?"

"너처럼 고정관념과 편견이 심했어."

"그러는 선배는 겉과 속이 다른 사람이야. 오 년 전 나를 좋아하는 척하며 내 마음을 설레게 했던 여자."

"우린 그냥 친구였잖아."

"내가 그냥 짝사랑한 거지 뭐."

"남자들은 그게 문제야. 친절을 베풀면 자기를 좋아하는 줄 착각하거든."

"구씨 여인을 범했던 조카가 된 기분이야."

"뭐라고?"

"조선시대 조카 때문에 이모가 처형당한 사건이 있었어."

"하여간 짝사랑도 선을 넘으면 폭력이야."

나는 할 말을 잃었고 속에서 뜨거운 것이 치밀어 올라왔다. 맥주로 겨우 식혀 가라앉혔다.

"지금은 짝사랑 같은 감정 없지?"

"당연하지. 가상인체 이야기나 해 봐."

"피곤해, 나 좀 집에 데려다줄래?"

선배는 휘청거렸다. 내 부축 없이는 잘 걸을 수 없었다. 선배는 집으로 가는 택시 안에서 가상인체에 관해 설명했다.

선배는 앤드루메디컬센터 사후 인체 기증 프로젝트에 등록되었다. 죽으면 바로 연구실 냉동고로 옮겨져 급속 냉동된다. 숙성기간을 거친 냉동 시신은 머리카락 두께로 저며져 촬영된다. 데이터로 환생한 시신은 의학 연구를 위해 수없이 절단하고 뜯어내도 다시 저장하면 멀쩡한 인체가 되는 디지털 마루타였다.

"시신 기증을 하게 된 동기는?"

"미래를 위해 살아 있는 미라가 되고 싶어."

"그걸 믿으라고?"

"너 같은 속물은 이해하기 힘들겠지."

나는 선배의 진지한 표정을 보면서 조금 동화되었다.

"몸 상태가 얼마나 심각한 거야?"

"유방암이야. 얼마 남지 않았어."

갑자기 취기가 올라 선배의 가슴이 점점 쪼그라드는 것 같았다. 선배가 갑자기 등장한 것도 선배의 상태도 모두 실감 나지 않았다. 택시가 오피스텔 앞에 섰을 때 아무리 뒤져도 지갑을 찾을 수 없었다. 선배가 계산했고 이번에는 선배가 나를 부축했다. 나는 엘리베이터를 타고 올라가면서 선배를 끌어안았다. 선배의 가슴이 염려되어 꽉 안지 못했다.

집 안은 모두 흰색이었고 짐이 거의 없어서 이삿짐이 아직 들어오지 않은, 이사를 하려고 짐을 빼는 그런 분위기였다. 선배는 덩그러니 놓인 침대에 무릎을 가슴까지 당겨 안은 채 벽을 보고 누웠다. 나는 이불을 덮어 주려다 말고 공룡 알 같은 엉덩이를 쓰다듬었다. 선배는 시체처럼 누워 움직이지 않았다. 나도 똑같이 모로 누워 선배의 목덜미에 숨을 불어 넣으며 엉덩이를 쓰다듬으며 내 것을 확인했다. 단단하게 발기가 되어 있었다. 나는 일어나 치마를 올리고 팬티를 벗길 때 서둘러서 팬티가 찢어지고 말았다. 선배는 저항할 듯하다가 이불을 끌어당겨 배부터 얼굴까지 덮었다. 의미를 알 수 없는 행동이었지만 그런 것을 생각할 겨를이 없었다. 나는 고개를 숙이고 혀로 꽁꽁 언 고깃덩어리를 녹였다. 잠시 후 고깃덩어리가 녹으면서 붉은 육즙이 흘러 시트를 물들였다. 바지를 벗으려고 몸을 일으켰을 때 나는 아주 높은 곳에서 이 장면을 내려다보는 듯했다. 나는 오 년 전 짝사랑이 받아들여지지 않은 것에 대해 아니 실패한 정사를 성공으로 이끌었다. 이불 속에서 들리는 신음을 들으며 내 몸에 달라붙은 끈적끈적한 욕정을 걷어내고 쓰러졌다.

아침에 눈을 떴을 때 나는 아랫도리를 훤히 드러낸 채 바닥에 누워 있었다. 어젯밤 나는 욕정에 목말라 옷도 다 벗지 않고 윗도리를 가린 채 서둘러 정사를 치른 모양새였다. 암 환자를 강간한 파렴치범이 된 기분이었다. 내가 수치스러웠다. 뭔가 일어날 거라는 공포가 엄습했다. 정신을 차리자 방이 조용하여 샤워부스 물소리가 크게 들렸다. 잠시 후 선배가 화장실에서 젖은 머리를 수건으로 감싸고 나왔다. 눈부실 정도로 창백했다. 온몸의 피를 다 뽑아낸 고깃덩어리 같았다.

"오늘부터 나 좀 도와줘야겠다."

선배는 태연하게 앞으로 내가 할 일에 대해 말했다. 가상인체를 위한 사후 인체 기증 프로젝트 기록 작업은 그날부터 시작되었다.

류 박사는 처음에 기증된 시신은 상처나 수술 받은 적이 없어야 한다고 했으나 방향이 바뀌었다. 선배처럼 병든 몸을 대상으로 하면 나중에 연구자가 시신 기증자가 생전에 어떤 인생을 살아왔는지까지 파악할 수 있어 의학발전에 필요한 입체적인 데이터가 제공될 수 있다면 더 많은 투자가 이루어질 거라는 생각 때문이었다.

앤드루메디컬센터를 계속해서 방문하여 류 박사와 가상인체에 관해 상담하고 몸 상태를 점검하는 일, 의대 교수 세미나에 초청되어 앞으로 자신의 아바타 활용법에 관해 같이 논의하는 일, 병원에 가서 영양제와 진통제를 처방받는 일, 그동안 중단되었던 세계 최초로 발견된 임산부 미라에 관한 선배의 마지막 논문을 마무리하기 위해 자료를 조사하고 정리하는 일이었다. 제일 중요한 일은 온종일 옆에 대기하다가 선배가 원하는 것을 처리하는 일이었다.

병원에선 육 개월을 넘기기 힘들 거라고 했다. 초인적인 힘을 발휘하는 선배를 옆에서 지켜보다가 선배를 주인공으로 다큐멘터리 영화를 만들기로 했다. 나는 선배가 사후 애초에 생각했던 가상인체에 지식, 경험, 인간성까지 모두 담긴 아바타가 되어 직접 이야기하는 것도 좋지만 예술작품으로 전달하는 것도 좋은 방법이라고 했다. 선배는 내 속을 다 안다는 듯이 애초에 가상인체 프로젝트에 참여하면서 자신을 공개적으로 드러낼 작정이었다며 바로 승낙했다. 나중에 연구자들이 생전 선배의 인터뷰 영상을 통해 신체와 심리 상태를 파악하고 가상인체 데이터를 보고 연구하는 프로그램은 그대로 진행하기로 하고 따로 촬영 팀을 꾸려 다큐멘터리 영화를 위한 영상을 기록했다.

류 박사는 아직도 선배를 아바타로 부활시키기 위해 보정작업 중이다. 내가 연출하고 선배가 주연을 맡은 다큐멘터리 영화 '여인의 부활'은 올해 DMZ 국제다큐멘터리영화제 특별상을 받았다. 첫 데뷔작으로 큰 상을 받은 것은 내 인생에 큰 영광이다. 일산 백석역 메가박스에 걸린 포스터만 봐도 명작의 기운이 넘쳐났다. 신배가 알몸으로 웅크린 땅은 풀이 사라지고 없는 죽은 땅이다. 땅의 주위엔 검은 강이 흐르고 강 건너의 땅도 회색의 죽은 땅이다. 동그랗게 웅크린 선배의 모습은 알처럼 보이고 자세히 보면 얇게 저민 조각이 이어 붙은 형상이다. 춥고 어두운 땅에 홀로 웅크린 슬픈 알이 부화할 수 있을까. 부활의 의미를 알로 표현한 것이다.

한 가지 아쉬운 것은 선배가 가상인체가 되려고 했던 이유를 밝혀내지 못했다는 점이다. 말로는 의학 연구에 공헌하는 것이라고 했지만 깊은 뜻이 있는 듯했다. 유방암은 표면적인 원인이고 사회적인 원인을 다큐멘터리영화에 담고 싶었지만 역량이 되지 않았다.

영화가 끝나고 관객과의 대화가 있었다. 상영관 스크린 앞에서 마이크를 잡았다. 스크린을 바라보던 내가 꽃다발을 들고 빈자리 없이 들어찬 객석을 바라봤다. 은유적이고 우아하게 소감을 말하려고 했는데 주절주절 떠들어 대면서 옆에 서 있던 촬영감독의 손을 꽉 잡았다. 울컥하며 선배의 명복을 비는 것도 잊지 않았다. 영화제 관객과의 대화를 시작으로 영화 관련 매체 인터뷰가 이어졌다. 그때마다 선배의 생각과 어록을 재구성하여 언급하고 있다.

언니들은 가볍게 날아올랐다

큰언니는 옆구리를 부여잡고 달렸고 양산을 펼친 둘째 언니는 날아오를 것처럼 뛰었다. 나는 언니들의 날갯짓에 몸이 저절로 떠오르는 듯했다. 아마 바람이 바다를 향해 세게 불었다면 우리는 태평양으로 날아갔을지도 몰랐다.

언니들은 가볍게 날아올랐다

 아무짝에도 쓸모없는 것. 누님들은 나를 그렇게 불렀다. 사내다움이 부족하고 특별히 잘하는 것도 없으니 그럴만했다. 사내 대접을 못 받아도 만날 때마다 밥을 얻어먹다 보니 누나들이 싫지는 않았다. 친근하게 누나를 언니라고 부르기로 했다. 결혼해서 5년 만에 이혼하고 혼자 노는 것도 지쳤다. 뚜렷한 직업도 없이 모아둔 돈을 까먹고 살다 보니 매사에 의욕이 없었다. 독서가 유일한 취미인 사십대 말 중년 사내가 어울릴 만한 모임은 찾기 힘들었다. 인문학 강좌에서 만난 일본 소설 독서모임 언니들끼리 가는 여행에 꼭 끼고 싶었다. 여행의 목적은 일본 근대소설 자료를 모아 놓은 가마쿠라문학관 견학이었고 여행의 의미는 모두 자유의 몸이 된 것을 기념하는 여행이라고 했다. 이래저래 말이 많더니 드디어 막내 언니까지 이혼한 모양이었다. 제일 젊은 내가 짐꾼이 되겠다는 조건으로 여행 멤버가 되었다.
 언니들은 일본으로 기념 여행을 떠나기 전날 큰언니 집에 모였다. 큰언니는 고향 과수원 포도로 담근 포도주 항아리를 식탁에 올렸다. 수박만 한 항아리에서 한 국자씩 퍼서 와인 잔에 가득 따랐다. 와인 잔은 너무 얇고 가벼웠다. 일부러 항아리에 국자를 깊게 담가 떠서 건더기가 섞였다. 잔에 술을 다 채우고 나서는 와인 잔 옆에 하얀 면 손수건을 하나씩 놓았다. 내 잔 옆에는 손수건을 놓지 않았다. 둘째 언니가 남은 술을 내 잔에 가득 채우며 말했다.

"너는 끝까지 한 번에 마셔."

모두 잔을 들었다. 와인 잔을 부딪치자 맑은 종소리가 거실에 울렸다. 모두 잔을 입에서 떼지 않고 빨아 먹듯이 천천히 포도주를 삼켰다. 나는 큰언니가 시킨 대로 한입에 털어 넣었다. 소주를 부어 만든 것 치고는 그런대로 맛은 있었다. 그런데 포도 찌꺼기가 혓바닥에 달라붙었고 잔에도 찌꺼기가 달라붙어 있었다. 언니들은 찌꺼기가 남지 않은 말끔하게 비운 잔을 내려놓더니 입을 우물거렸다. 큰언니가 먼저 손수건에 찌꺼기를 뱉었다. 퉤퉤, 둘째 언니는 툽툽, 막내 언니는 흡흡, 풋풋거렸다. 큰언니는 능숙했고 둘째 언니가 찌꺼기를 뱉는데 침이 길게 늘어졌다. 막내 언니는 손수건으로 입을 닦듯이 찌꺼기를 뱉다가 잘 안 돼서 가래침을 뱉듯이 찌꺼기를 뿜어냈다. 환갑을 훌쩍 넘긴 큰언니부터 지천명에 도달한 막내 언니까지 마치 연습한 듯 절도가 있었고 보는 내가 웃음이 나올 정도로 진지했다. 큰언니가 이혼했을 때부터 시작한 의식 같았다. 둘 다 큰언니의 말을 잘 들었다. 평소에도 큰언니는 두목 같았다. 언니들을 보며 여자들이 의리나 사회성이 남자들보다 더 강하다는 것을 새삼 느꼈다. 포도주의 찌꺼기로 빨갛게 물든 손수건들은 상처에서 뜯어낸 거즈 같았다.

"독특한 퍼포먼스네. 이게 무슨 의미야?"

언니들은 의미심장한 미소를 지을 뿐이었다. 큰언니는 빨갛게 물든 손수건을 모아 베란다로 가더니 바비큐 그릴에 넣고 불을 붙였다. 포도주가 묻어서인지 타다가 불이 꺼졌다. 다시 불을 붙이고 손수건이 다 탈 때까지 집게로 계속 뒤집는 동안 거실에선 맥주 파티가 이어졌다. 언니들은 뜨거운 사막에서 살아 돌아온 것처럼 맥주를 마셔대며 여행 일정과 예약사항을 점검했다. 일본어를 좀 하는 막내 언니가 가이드를 자청했다.

 외국 출장을 자주 가는 막내 언니는 탑승 시간 한 시간 전에 도착했다. 마치 오늘 공항이 붐비지 않는다는 것을 알고 있다는 듯이. 큰언니는 어젯밤 샤워하다가 미끄러지는 바람에 욕조에 옆구리를 부딪쳤다. 아침 일찍 병원에 가서 엑스레이를 찍어보니 갈비뼈에 금이 갔다고 했다. 진통제를 먹고 테이핑을 하고 복대를 차고 공항에 나타났다. 그냥 걷는 것은 가능하지만 앉았다 일어나는 것을 힘들어했다.
 둘째 언니는 커다란 트렁크 외에 작은 배낭 그리고 지갑을 넣어다니는 작은 핸드백도 메고 왔다. 큰 트렁크는 기내 반입 가능한 크기가 아니었다. 큰 트렁크엔 화보 촬영가는 모델처럼 셀카봉, 날마다 갈아입을 옷과 챙이 넓은 모자 그리고 신발이 여러 개 들어 있다고 했다. 챙이 넓은 모자를 넣으려면 큰 트렁크가 필요했을 것이다.
 막내 언니는 큰언니의 소식을 듣고 제일 걱정했다. 큰언니의 부상이 커서 일본 여행이 취소된다면 큰일이었다. 집에다 회사에서 3박 4일 출장 간다고 했기 때문이었다. 막내 언니는 출발 전 공항 3층 대합실에서 통신사에 로밍 신청을 한다고 구석에 가서 한참 동안 통화했다. 통화를 하고 나서는 신청하는 절차가 무척 복잡하다고 투덜댔다. 뒤에서 얼핏 들었는데 일본에 있는 애인에게 전화한 듯했다. 정말 애인이라면 결혼 생활 내내 혼자 희생했던 것마냥 떠들어댔는데 꼭 그런 건 아닌 모양이었다.

큰언니는 트렁크를 화물로 부칠 생각으로 화장품을 병째 가지고 왔다가 공항에 두고 보관료를 물어야 했다. 거울을 보던 큰언니의 표정이 갑자기 일그러졌다. 갈비뼈 통증이 시작된 줄 알았으나 아니었다. 아침에 병원을 다녀오느라 예쁜 청바지를 입지 못하고 펑퍼짐한 바지를 입고 온 것이 원인이었다. 큰언니는 항공기 좌석에 앉을 때 고통스러워했다. 옆 좌석에 앉은 큰언니가 진통제에 취해 곯아떨어진 것은 다행이었다.

둘째 언니는 항공기가 활주로를 박차고 오르자 탄성을 질렀다. 계속 창밖을 내려다보며 한국은 참 아기자기하면서 아름답다고 감탄했다. 항공기가 궤도에 오르자 막내 언니는 샌드위치를 꺼내 포장을 뜯었다. 내가 점심을 거른 막내 언니를 위해 챙겨온 것이었다. 둘째 언니는 샌드위치 속 훈제연어를 보고 군침을 흘렸다. 막내 언니가 손으로 샌드위치를 잘랐다. 연어는 잘라지지 않아 둘째 언니 차지가 됐다. 둘째 언니는 입맛을 다시며 말했다.

"첫날이니만큼 도착하면 근사한 데 가서 저녁을 먹어야 해."

우리는 모두 동의했다. 잠시 후 둘째 언니는 물 한잔을 마시고 잠을 청했다. 잠이 몰려올 때 뒷좌석의 창으로 햇살이 몰려들자 짜증이 났는지 손을 뻗어 뒷좌석의 창을 내렸다. 자기 칸의 창 덮개를 내릴 때는 힘이 엄청나게 들어가 소리가 크게 났다. 막내 언니는 샌드위치를 다 먹고 테이블에 잡지를 꺼내 놓은 채 입을 벌리고 곯아떨어졌다. 둘째 언니는 잠이 오지 않는지 핸드백에서 책을 꺼냈다. 세계명작선집이었다. 차례를 훑어보다가 미시마 유키오 쪽을 찾아 넘겼다. 책을 보는가 했더니 책갈피만 옮겨놓고 책을 덮고는 오늘 저녁 메뉴를 제안하며 생선이 길게 얹어진 초밥이 먹고 싶다고 했다.

항공기에서 내려다본 일본 땅은 짙은 녹색이 많이 뭉쳐있었다. 숲속의 이끼를 보는 듯했다. 비가 내리고 있었다. 그래서 녹음이 더 짙어 보였는지도 몰랐다. 입국 수속을 끝내고 우에노행 전철 표를 사는 동안 둘째 언니는 레몬 녹차와 과일 맛 젤리 그리고 마른오징어를 샀다. 젤리는 향기가 좋아 항공기로 바다를 넘어온 피로가 한 번에 날아갔다. 오징어도 맛있었는데 짭조름한 냄새가 많이 나서 전철 안에서는 받아먹지 않았다.

공항에 한글 안내판이 많아서 낯설지 않았는데 지하철은 달랐다. 동경으로 가는 지하철 천장 광고판은 인쇄한 종이를 앞뒤로 집어 거는 방식이었다. 습기 때문인지 종이가 벌어지고 말려 올라간 것이 인상적이었다. 돈을 받는 광고 매체의 품질이 마음에 들지 않았다. 광고가 떨어져 예전 광고물을 그대로 놔둔 것인지도 몰랐다. 승객들을 관찰했다. 천으로 된 책 덮개를 씌운 책을 읽는 젊은 여성이 있었다. 머리를 녹색, 보라색으로 염색한 20대 여성들이 눈에 띄었다. 지하철을 갈아타기 위해 잠깐 걸었던 거리의 젊은 여자들의 패션이 이상했다. 10년 전 왔을 때 느꼈던 세련됨과 활기찬 에너지는 느낄 수 없었다.

숙소에 도착하여 짐을 풀고 자리를 배정했다. 여행 비용을 아끼느라 게스트하우스 4인실을 잡았다. 아무도 이층 침대에 올라가고 싶어 하지 않았다. 둘째 언니는 몸무게가 많이 나가 이층을 쓸 수 없다고 버텼다. 막내 언니는 가이드를 위해 지도를 보며 일정을 연구해야 한다며 먼저 가방을 침대에 던졌다. 둘째 언니는 올라가느니 바닥에서 자겠다며 이불을 내렸다. 이불이 미끄러지면서 막내 언니 머리를 덮었다. 한바탕 실랑이가 벌어졌고 큰언니가 겨우 말렸다. 나 혼자 이층에 올라가서 짐을 풀었다.

저녁을 먹으러 나와서 우에노역 주변을 돌아다녔다. 언니들은 엉덩이를 실룩거리면서 빠르게 걸었다. 마치 놓친 풍선이 길에 굴러다니는 듯했다. 큰언니는 갈비뼈 통증 때문에 음식점을 찾아 날뛰는 언니들을 쫓아가느라 힘들어했다. 막내 언니가 간판이 커서 눈에 띈 라멘 집에 들어갔다. 무작정 들어간 그 집은 돼지고기가 많이 들어간 스타일이었다. 둘째 언니는 국물 맛을 보더니 그릇을 옆으로 밀었다. 둘째 언니는 기름기가 많은 음식을 싫어했다. 내가 시킨 야채 라멘의 경우는 국수사리가 없고 숙주와 나물만 들어 있었다. 느끼해서 양파를 채 썬 것과 생강 채 썬 것을 넣어 먹었다.

숙소에 돌아와서는 둘째 언니의 트렁크를 테이블 삼아 맥주를 마셨다. 둘째 언니는 편의점에서 사온 과자와 맥주로 배를 마저 채웠다. 대화의 주제는 문학전문 출판사를 하는 큰언니의 사업 계획이었다. 내년부터는 강화도 별장을 개조하여 복합문화공간을 만든 다음 그곳에 살면서 관리할 매니저를 뽑고 다양한 문학 관련 프로그램을 운영한다는 내용이었다. 큰언니는 앉아서 얘기하다 옆구리가 아파 침대에 누웠다. 둘째 언니와 막내 언니 모두 자기가 복합문화공간의 적임자라고 주장했다. 둘째 언니는 아이들을 다 대학에 보냈으므로 그곳에 계속 살아도 된다고 했고 막내 언니는 영어와 일어에 능통하니 외국 관광객도 받을 수 있다고 했다. 일자리가 절실한 건 나였다. 이혼을 하고 한 일 년 놀다 보니 은행 잔고가 바닥을 보이기 시작했다. 그곳에 걸맞는 나의 장점과 언니들의 단점을 따져보는데 둘째 언니가 스마트폰으로 안면도 유럽풍 부티크 펜션을 검색해서 보여줬다. 그곳은 문화를 나누고 만들어가는 소통의 장이었다. 매년 다양한 장르의 작가들 일곱 명을 선정하고 일곱 개 객실의 실내 장식도 작가들의 작품 세계에 맞게 연출한다고 했다. 객실마다 작가의 사진, 저서를 비치한 것이 특징이었다. 주인이 학교 선배라 거기서 잠시 아르바이트를 했다고 했다. 일을 했다는 건 거짓말 같았다. 노는 것은 잘하지만 꼼꼼하게 정리하고 관리하는 성격이 아니었다. 막내 언니는 바리스타 자격증이 있고 이탈리아 요리를 잘한다고 했는데 요리한 사진을 올린 적이 없어 믿음이 가지 않았다. 누워 있던 큰언니가 침대 기둥을 붙잡고 일어나서 말했다.

"고만, 됐어, 젊은 사람이 손님을 맞아야지. 그리고 아는 사람 부려먹기 힘들어."

언니들은 큰언니의 일침에 아랑곳하지 않고 자신이 그곳에서 일해야 하는 이유를 늘어놓았다. 큰언니가 다시 누워 벽을 보고 모로 누웠지만 언니들의 수다는 계속됐다. 모두 피곤하여 술자리의 흥이 나지 않았다. 막내 언니가 침대로 기어들어 갔다. 내가 화장실에 다녀와서 침대로 올라가려 하자 둘째 언니가 나를 끌어 내렸다.

"남은 술 다 먹고 자야지. 술 남기면 벌 받아."

둘째 언니는 새로 딴 맥주 한 캔을 다 비우지도 못하고 바닥에 누웠다. 많이 마시지도 않았는데 쓰레기는 엄청났다. 나는 바닥에 떨어진 마른안주 부스러기를 줍고 맥주 캔을 치웠다. 큰언니가 고개를 살짝 돌려 말했다.

"놔둬, 아침에 같이 치우게."

"아니에요, 다 치웠어요."

테이블을 다 치우고 올라가 누웠더니 둘째 언니가 이불을 뒤집어쓰며 말했다.

"불 좀 꺼."

불 끄러 내려간 김에 화장실에 가서 양치하고 왔다. 침대에 누워 두 다리를 쭉 뻗었다. 6월의 동경은 후덥지근했다, 에어컨 소리, 공기청정기 소리, 코 고는 소리에 잠이 오지 않았다. 작은 언니들이 일자리 때문에 큰언니의 말을 잘 듣는 거라면 너무 시시했다. 뭔가 작은 언니들을 휘어잡는 매력이 있을 듯했다. 갈비뼈에 금이 가도 여행 약속을 지키는 책임감일지도 몰랐다.

둘째 언니의 코 고는 소리가 제일 컸다. 둘째 언니가 소개한 안면도 펜션을 검색하면서 강화도 별장을 상상했다. 일과를 끝내고 붉게 물든 바닷가가 보이는 테라스에 앉아 온 더 록 위스키를 마시는 모습이었다. 잔을 흔들어 보았다. 단단한 얼음이 맑은 종소리를 냈다. 위스키를 한 모금 삼켰다. 붉은 노을이 목구멍으로 들어왔다.

둘째 언니의 트렁크가 열렸다. 모자가 3개였다. 신발이 2개, 신고 온 것까지 하면 3개였다. 선글라스, 그리고 여러 벌의 원피스가 들어 있었다. 둘째 언니는 양산과 원피스를 연분홍 꽃무늬로 맞췄다. 소녀와 할멈의 이미지가 오버랩되어 우스꽝스럽지만 귀여웠다. 자신의 존재감을 상대에게 환기시키는 매력이 빛났다. 게스트하우스를 나서자 따가운 햇볕이 내리쬐고 있었다. 막내 언니가 앞장섰다. 둘째 언니는 큰언니 옆에서 양산을 받쳐 들었다.

"괜찮아, 너 혼자 써."

직사광선 따위 아랑곳하지 않는 사내다움이 넘쳤다. 나도 뭐라도 해야 할 것 같았다. 큰언니의 숄더백을 잡아당겼다.

"괜찮아, 푹 잤더니 통증이 많이 사라졌어."

지하철을 타고 신주쿠로 갔다. 막내 언니는 지도를 보며 체크하더니 지하철 표를 사 와서 큰언니부터 웃으면서 건넸다. 큰언니가 양산을 손으로 밀며 말했다.

"너 안 왔으면 우리 어디 가지도 못했을 거야."

둘째 언니는 양산을 바로 접었다. 우리는 신주쿠에서 후지사와로 가서 가마쿠라 역으로 가는 관광열차를 탔다. 에노시마. 가마쿠라 프리패스를 이용하면 그 구간은 몇 번이고 자유롭게 승하차할 수 있었다. 그 노선은 일본에서 손꼽히는 관광지였다. 바다와 계절의 꽃들이 어우러진 아름다운 풍경이 펼쳐지며 오랜 역사를 지닌 사원과 신사에서 일본의 전통과 문화를 만나볼 수 있는 곳이었다.

가마쿠라역에서 내리자 막내 언니는 겉으로 봐서도 맛있을 것 같은 식당을 찾아 나섰다. 가이드를 하겠다더니 식당 검색은 안 한 모양이었다. 큰언니는 땀을 흘리면서 걸었다. 둘째 언니가 어느 식당을 지목하면 막내 언니가 아니라고 했다. 식당 겉모습이 마음에 들어도 메뉴에 관한 의견 일치를 보지 못해 계속 걸었다. 큰언니가 손부채질하며 말했다.

"고만 대충 아무 데나 들어가자."

앞서 걷는 언니들은 큰언니의 목소리가 들리지 않았다. 주말이었다. 거리에는 관광객들이 가득했다. 큰언니와 나는 흐르는 강물에 올라탄 듯 천천히 흘러갔다. 언니들은 강을 거슬러 올라가는 연어 같았다. 헤엄치다 걸림돌을 만나면 점프하듯 날아올랐다. 물살이 강해졌다. 큰언니와 물살을 헤쳐 나가려고 부둥켜안은 기분이었다.

"언니들은 힘이 넘치는 것 같아요."

"속이 텅 비었으니까 날아다니는 거지."

우리들은 조금만 더 가면 마음에 드는 식당이 있을 거란 생각에 한 시간이 넘게 걸었다. 결국 적당한 식당을 찾지 못하고 편의점에서 도시락을 사 먹었다.

단독주택이 들어선 골목을 지나 가마쿠라문학관에 도착했다. 입장료를 내고 숲길을 지나자 돌을 쌓아 만든 터널이 나타났다. 바람이 불자 나뭇잎 사이를 빠져나온 얼룩 같은 햇살이 살아 움직였다. 우리는 햇살이 점점이 떨어지는 터널 입구 돌길에서 수십 장의 사진을 찍었다. 돌에 투영된 손바닥만 한 햇살 얼룩은 해변의 조개껍질 같았고 이끼에 투영된 햇살 얼룩은 군무를 추는 열대어 무리 같았다. 헤엄치듯 터널을 지나자 1910년의 어느 귀족의 별장을 개조한 문학관이 나타났다. 푸른 기와, 파란 햇살, 파란 바다 냄새가 나는 바람이 불었다. 시간 여행처럼 과거의 어느 시점으로 이동한 기분이었다. 그곳에선 미시마 유키오의 특별전이 열리고 있었다.

완만한 산 중턱에 자리 잡은 가마쿠라문학관에서 바다가 보였다. 바다는 달려가고 싶을 정도로 가깝게 느껴졌다. 베이지색 벽과 빨간 나무창 틀 그리고 파란 기와로 지은 본관 앞 정원에 커피를 파는 봉고차 가게가 있었다. 민머리 사내가 드립커피를 팔았다. 밤색 마대 천에 메뉴를 적어 장식하고 레코드판을 틀고 영업했다. 파라솔과 의자도 있어 야외카페 같았다. 한 잔 가격은 200엔이었고 냉커피의 얼음은 커피 물을 얼려 밤색이었다. 커피 가게 주인은 손님이 없을 때 책을 봤는데 피곤했던지 졸다가 책을 툭 떨어뜨렸다. 우리는 커피를 마시고 문학관 정원을 먼저 둘러보았다.

가마쿠라문학관 현관에서 신발을 벗고 들어가자 여러 개의 방이 있었고 유리관 안에 여러 작가의 친필 원고와 책들이 전시되어 있었다. 바다 풍경이 아름다워 전시된 일본 근대 소설 자료가 눈에 들어오지 않았다. 어서 바닷가로 달려가고 싶은 마음뿐이었다. 우리는 테라스에서 잠시 휴식했다. 유럽풍과 일본풍이 섞인 문학관의 이색적인 분위기와 잘 가꾼 정원 너머로 보이는 바다 풍경에 취한 둘째 언니가 세계명작선집을 꺼내 미시마 유키오의 「우국」을 찾아 펼쳤다. 둘째 언니는 우리를 모여 앉히고 작은 목소리로 「우국」을 낭독하겠다고 했다. 막내 언니가 그 작품은 지금 이 분위기와 안 어울린다고 했다. 둘째 언니는 목청을 가다듬고 낭독했다. 아저씨같이 묵직한 목소리가 낮게 깔렸다.

"중위는 신혼 첫날밤부터 레이코를 오늘 이 자리까지 이끌고 왔으며, 레이코가 지금 이 순간에 이르러 '함께 따르겠다'는 소리를 아무런 망설임 없이 할 수 있게 된 것을 보고 그동안 해온 교육의 성과를 느낄 수 있었다. 이 사실은 중위의 자부심을 위로했다. 또한 그 사실을, 중위에 대한 애정이 자발적으로 하게 만든 것이라고 생각할 정도로 변변치 못한 자만을 하는 남편이 아니었다."

막내 언니가 책을 뺏었다.
"전근대적인 내용만 골라서 읽네."
"설정의 의미를 생각해 보라고……. 그럼, 진지한 장면 읽어줄게."
둘째 언니는 책을 도로 빼앗더니 책장을 넘겨서 밑줄 친 부분을 읽었다.

"레이코의 몸은 희고 성스러웠으며 한껏 부풀어 오른 유방은 몹시도 강한 거부의 결벽성을 보이고 있었지만, 일단 받아들인 후에는 그것이 오히려 잠자리의 따스함을 채워 주었다. 이들은 잠자리에서도 무섭고도 엄숙할 정도로 진지하였다. 점차 격렬해지는 광란 속에서도 그들은 진지함을 유지하였다."

레이코의 한껏 부풀어 오른 유방을 상상하자 온몸이 덩달아 부풀어 올랐다. 그런데 그것은 하얀 찐빵이 떠오른 식욕이었다. 그때였다. 막내 언니가 바닷가를 가리키며 외쳤다.
"저것 좀 봐!"
노란 풍선이었다. 어느 관광객이 놓친 풍선이 바닷가를 향해 날아가고 있었다. 우리는 모두 테라스 난간을 잡고 풍선을 넋 놓고 바라봤다. 어느 순간 풍선이 사라지자 누가 먼저랄 것도 없이 바닷가로 뛰기 시작했다. 정원을 가로질러 울타리를 넘어 달렸다. 앞서 나간 막내 언니는 홰치는 닭처럼 달렸다. 큰언니는 옆구리를 부여잡고 달렸고 양산을 펼친 둘째 언니는 날아오를 것처럼 뛰었다. 나는 언니들의 날갯짓에 몸이 저절로 떠오르는 듯했다. 아마 바람이 바다를 향해 세게 불었다면 우리는 태평양으로 날아갔을지도 몰랐다.

우리는 단숨에 바닷가로 달려왔다. 해변 산책로를 따라 걷다가 둑에 앉았다. 바람에 일렁이는 파도는 하얀 물결로 휘몰아와 다시 부서졌다. 파도를 보고 있으니 속이 다 후련했다. 그런데 가까이 와서 보니 그렇게 아름다운 해변도 아닌데 언니들은 바다를 처음 본 것처럼 가만히 있질 못했다. 우린 모두 석양이 질 때까지 해변에 있기로 했다. 둘째 언니는 사진을 찍으려고 돌기둥에 무리하게 올라서다가 미끄러져 다리에 상처가 났다.

"언니, 어떡해. 피 나."

"괜찮아, 맥주 마시면 나을 것 같아."

우리는 편의점에서 맥주를 사서 다시 바다가 보이는 둑으로 와서 맥주를 마셨다. 웃고 떠드는 동안에도 언니들의 줄을 한데 꼬아 단단히 쥐고 있어야 했다. 잘못하여 놓치면 풍선처럼 하늘로 올라가다 터질지도 몰랐다. 둘째 언니가 맥주를 연거푸 들이켜고 트림했다. 막내 언니가 맥주 한 캔을 단숨에 비우고 복받쳐 나온 가스를 뿜었다. 큰언니가 막내 언니에게 말했다.

"다시 한 번 축하해. 넌 이제 자유의 몸뚱이가 된 거지."

무슨 뜻인지 알 수 없었다. 맥주를 마시다 말고 큰언니에게 물었다.

"뭐 좋은 일이 있나 봐요?"

"남자는 이해 못할 거야. 피로 형성해온 세계에서 벗어나는 것."

"모두 치열하게 살았나 봐요?"

큰언니가 맥주 캔을 높이 들고 말했다.

"자신을 담가두던 영토에서 벗어나 새로운 영토를 찾아 나서야지!"

"뭔지 모르지만 건배."

막내 언니가 캔을 높이 들고 말했다.

"나는 여성에서 벗어나 온전한 사람이 되었다!"

구름이 빛을 머금기 시작했다. 수평선이 흐릿해지면서 붉게 물들였다. 언니들은 급속히 색이 진해지는 바다에 매혹되어 당장이라도 뛰어들어갈 기세였다. 해변을 걷는 사람들의 그림자가 길어졌다. 둘째 언니가 맥주를 더 사다 마시자고 했다. 나는 오줌이 마려워서 카페를 가자고 졸랐다. 언니들은 바로 카페에 들어가지 않고 해변을 거닐었다. 혼자 카페에 앉아 언니들을 관찰했다. 살랑거리던 파도가 출렁거렸다. 바람에 날아갈지 몰라 하나하나 시선의 끈으로 묶어 단단히 잡고 있었다.

우리는 숙소로 오는 동안 전철역 초밥집 광고를 유심히 봤다. 모두 과연 초밥을 먹을 수 있을지 걱정이 태산 같았다. 급행열차를 타서 정류장을 놓쳐 10시가 다 되었다. 할 수 없이 24시간 하는 스시집을 찾아갔다. 생각보다 가격이 비싸 많이 시키지 못했다. 초밥은 입안에서 곤죽이 되기도 전에 녹아버렸다. 특히 참치 초밥의 뒷맛이 오래갔다. 마지막 초밥은 생선의 촉촉한 살점을 느껴보려고 일부러 밥을 분리해서 따로 먹었다. 초밥을 다 먹어도 더 시킬 생각들을 하지 않았다. 사케도 작은 걸로 한 병만 마셨다. 누군가 자기가 낼 테니 더 먹자고 그럴 줄 알았는데 아니었다. 회식 자리에선 으레 남자니까 몇 점 더 먹으라고 권하고 그러는데 초밥이라 그런지 모두 자기 몫을 정확하게 챙겨 먹었다. 배가 차지 않아 초밥 대신 시사모 구이와 사케 한 병을 더 시켰다.

오늘은 느긋하게 출발하기로 하고 편의점에서 식빵, 쨈, 요플레, 계란, 치즈, 음료, 과일을 사왔다. 공동 주방에서 프렌치토스트를 만들었다. 1층 식당이 어둡고 서늘하다 보니 창밖의 햇살이 강렬해 보였다. 담벼락의 그림자도 선명했다. 화단에 하얀 나비가 아래위로 날아다니는 모습이 황홀해 보였다. 막내 언니가 오늘 일정을 소화하려면 아침을 든든하게 먹어야 한다고 했다. 일 인당 식빵 4장을 굽다 보니 정신이 없었다. 커피를 내리고 과일을 깎아서 아침상을 차렸다. 간단하게 토스트 한 조각을 먹는 다른 관광객과 비교되었다. 먹고 나서 치우고 설거지를 하는 데도 시간이 오래 걸렸다.

둘째 언니는 아침부터 후시딘을 찾아 가방을 뒤집었다. 어제 돌기둥에 올라가 사진 찍다가 떨어지는 바람에 생긴 무릎 상처 때문이었다. 후시딘은 화장품 파우치에서 나왔다. 약을 같이 찾느라 지친 언니들은 오전 10시까지 자유 시간을 가지기로 했다.

막내 언니는 출장을 많이 다녀서 피로를 푸는 노하우가 있었다. 저녁에는 발을 올려 피로를 풀고 아침에는 웅크린 잉태의 자세로 우주의 에너지를 모았다. 그렇게 하면 매일 건강 상태를 체크할 수 있다고 했다. 막내 언니는 스트레칭하고 나서 콧노래를 부르면서 동네 산책을 나갔다.

나는 이층 침대에서 휴식하고 있었다. 오늘 직사광선에 시달릴 얼굴에 하얀 마스크 팩을 하고 하얀 시트를 덮고 누워 있었다. 그때 큰언니가 들어와 문을 잠갔다. 가방을 뒤적거리더니 옷을 꺼냈다. 나는 그냥 없는 척하기로 했다. 이모 같은 언니가 옷 갈아입는 건 아무것도 아니라 생각했다. 큰언니는 금 간 갈비뼈 때문에 몸이 잘 움직이지 않는지 앓는 소리를 냈다. 옷이 훌러덩 바닥에 떨어지는 소리가 났다. 그때 누가 노크했다.

"잠깐만, 나 옷 갈아입고."

천천히 숨을 내쉬었다. 바람을 빼서 몸을 더 납작하게 만들었으나 나도 모르게 고개가 돌아갔다. 마스크 팩에 시야가 반쯤 가렸지만 큰언니의 하얗고 성스러우며 한껏 부풀어 오른 눈부신 알몸이 희미하게 다가왔다. 그 형상은 노년의 육체가 아니었다. 꽃망울이 막 터지려는 탐스러운 덩어리가 점점 부풀어 올랐다. 감춰둔 청춘이 발각되는 순간이었다. 큰언니의 매력은 사내다움 속에 감춰진 아리따움인지도 몰랐다. 안경을 찾아 손을 뻗었지만 찾을 수 없었다. 나쁜 시력에 상상을 더할 수밖에 없었다. 침침한 방에서도 눈부시게 빛난 형상이 그저 아름답기만 했다. 나도 모르게 팬티 속으로 손을 집어넣는데 큰언니가 문을 열었다. 밖에서 기다리던 둘째 언니가 들어와 두리번거리다 이층 침대에 누워 있는 나를 발견했다.

"꼭 시체처럼 누워 있었네."

큰언니는 그제야 사람이 있는 줄도 모르고 훌러덩 벗었다는 것을 깨달았다. 나는 인기척에 일어난 것처럼 기지개를 켜자 둘째 언니가 갈아입을 옷을 챙겨 나가면서 물었다.

"누워서 다 훔쳐봤지?"

"뭐요?"

외출 준비를 끝내고 일정을 변경했다. 원래는 승용차를 빌려 후지산을 보러 가기로 했는데 한국과 차선이 달라 운전하기 겁났던 막내 언니를 위해 우에노 공원에 갔다. 공원 안에 있는 스타벅스에서 커피를 마시고 나와 시내를 돌아다녔다. 돌아다니다 술집에서 점심 겸 낮술을 마시는 동안 큰언니와 눈을 마주칠 수 없었다. 어쩌다 시선이 서로 얽힌 순간에는 심장 박동이 귀청에 울리고 식은땀이 났다. 그 사건으로 내가 그 일에 적격이라는 것을 어떻게 표현할지 궁리하던 열정이 수그러들고 말았다. 큰언니는 자신의 알몸을 보여준 사람을 직원으로 쓸 수 있을까. 큰언니를 볼 때마다 상상의 날개가 자꾸만 펼쳐지면서 기억이 재구성되었다.

주로 튀김 안주를 먹었더니 느끼해서 시원한 메밀 소바가 먹고 싶었다. 소바 파는 집을 찾아 시장 골목을 돌아보았다. 큰길가에서 찾은 소바집의 맛은 별로였다. 아사쿠사에 가서 신수점을 보고 없는 것 빼고 다 있는 잡화점 돈키호테에서 쇼핑을 했다. 나는 커다란 손거울 같은 브리시가 특이해서 샀다. 어디에 쓸 것인지는 나중에 고민하기로 했다.

막내 언니는 이곳에 사는 친구를 만나 저녁을 먹고 온다고 했다. 그러고 보니 막내 언니의 차림새가 예사롭지 않았다. 숙소에서 나올 때는 분명 핑크빛 원피스를 입고 있지 않았다. 큰언니가 막내 언니의 스카프를 고쳐 매면서 말했다.

"만나서 회포 풀고 같이 와서 우리랑 같이 한잔해?"

"이 골목에서 마셔. 이따 숙소에 잘 찾아가고."

막내 언니는 낮술에 살짝 취한 듯했다. 어린애처럼 발그레한 볼이 부풀어 올랐다. 징검다리를 건너듯이 발을 살짝살짝 옮기기 시작했다. 핑크빛 원피스와 맞춰 신은 진분홍색 단화로 아스팔트를 사뿐사뿐 밟아나갔다. 막내 언니가 인파 속으로 사라졌을 때 내가 둘째 언니에게 말했다.

"이혼하고 여행 와서 애인도 만나고 부러워 죽겠네."

"이혼? 쟤 아직 못했어."

"이거 이혼 기념 여행 아니에요?"

"무슨 소리 하는 거야. 쟤는 이혼 못할 것 같아."

그 거리는 포장마차의 거리였다. 우리는 골목을 돌아다니다가 제일 먼저 파란 접이식 테이블을 길에 늘어놓는 술집에 자리 잡았다. 날이 저물자 사람들이 가로등에 달라붙는 날벌레처럼 모여들었다. 둘째 언니는 메뉴판을 훑어보다가 큰언니에게 건넸다.

"언니 잘 먹을게."

"막내가 사기로 했는데…."

큰언니는 메뉴판을 다시 둘째 언니에게 건넸다. 나는 기분 좋게 마시고 싶었다.

"여긴 내가 살게요."

둘째 언니는 내 말이 떨어지기가 무섭게 세 가지 안주를 시켰다. 이상한 병에 든 사케는 먹어도 취하지 않았다. 사케를 다 마시고 맥주를 마시기 시작하자 둘째 언니는 취했는지 젓가락으로 내 배를 꾹꾹 찔렀다.

"남자들은 좋겠어."

"뭐가요?"

"언니, 내가 대충 세어 보니까 450번 이상 한 것 같아."

나는 그제야 지금까지 언니들이 뭘 말했던 것인지 알 수 있었다. 이번 여행은 그것을 무사히 마친 몸을 위로하는 여행이었다. 남자로서 불편한 게 뭐가 있는지 생각해 봤지만 마땅히 떠오르는 게 없었다. 둘째 언니는 젓가락을 내려놓고 옛날이야기를 했다.

"언니, 내가 이혼했을 때 덤덤하게 말해줘서 고마웠어."

"내가 뭐라고 했는데?"

"이혼은 그냥 선택일 뿐이라고 했어."

"여자들은 서로 공감하는 게 있잖아. 자신에 관한 자괴감, 엄마로서 책임감 그런 것들."

"주위에서 기센 여자라는 소릴 들을 때였거든."

둘째 언니의 얘기를 듣고 나니 큰언니의 매력 한 가지는 알 수 있었다. 술을 계속 마시다가 취해서 나도 모르게 큰언니에게 고백하고 싶었다. 왠지 분명히 해둬야 할 것 같았다. 나는 안경을 벗고 말했다.

"못 봤어요. 안경 벗으면 까막눈이거든요."

큰언니 눈에서 불이 났다. 복사열에 내 얼굴이 달아올랐다.

"지금처럼 그때 미간에 힘을 준 건 아니겠지?"

잠시 정적이 찾아왔다. 주위의 소음만 들리는 정적이었다. 무서워서 심장이 요동치는 동안 술이 깼다. 그때 으하하, 둘째 언니가 뒤로 넘어갈 것처럼 웃어주지 않았다면…. 생각만 해도 아찔하다. 다행히 큰언니가 피식 웃었다. 건배가 이어졌다. 우리는 막내 언니를 부러워하다가 오늘이 여행 첫날이라면 참 좋겠다는 둘째 언니의 한탄에 동의하면서 잔을 부딪쳤다. 자정 가까이 술을 마셨다. 막내 언니는 나타나지 않았다.

 밤에 숙소로 올 때 한 번에 찾아온 적이 없다. 돌고 돌아 반대 방향으로 갔다가 다시 돌아왔다. 바람 빠진 풍선처럼 쭈글쭈글해진 언니들은 바로 쓰러져 곯아떨어졌다. 큰언니 머리에 베개를 받쳐 주고 둘째 언니는 이불을 덮어주었다. 둘 다 내일 바람을 마저 빼고 함께 돌돌 말아서 묶는다면 트렁크에 넣을 수 있을 것 같았.

 막내 언니는 새벽에 들어왔다. 술 냄새가 확 풍겼고 이어 옷에 밴 담배 냄새가 났다. 바로 옷도 벗지 않고 바로 이불 위에 엎어졌다. 막내 언니의 등을 보면서 저녁은 무얼 먹었을까? 회포를 잘 풀었을까? 끊었던 담배를 피운 이유는 뭘까? 상상하다 보니 잠이 달아났다. 벽에 달린 작은 수면 등을 끄려고 내려왔다. 막내 언니 침대 옆으로 가는데 막내 언니 엉덩이에 와인 자국이 있었다. 어떡하다 엉덩이에 와인을 흘렸을까. 호기심이 발동하여 가까이 가서 보니 와인 같지 않았다. 핑크빛 원피스에 선명하게 그려진 팥죽색 자국을 보는 순간 섬뜩했다. 끝난 줄 알았는데 끝난 게 아닌 모양이었다. 막내 언니는 베개에 얼굴을 파묻고 흐느끼고 있었다. 그때 큰언니가 돌아누워 한숨을 쉬더니 통증을 호소했다.

 "술 마시느라 진통제를 안 먹었더니 죽겠네."

 수면 등을 끄고 침대로 올라왔다. 흐느낌은 이내 사라졌으나 신음은 오래갔다. 세상모르고 자는 둘째 언니가 부러웠다. 무척 외로운 밤이었다. 하지만 아래의 여자들은 여자가 아니었고 그녀들도 애당초 나를 남자로 취급하지 않았다. 남편을 따라 자결을 결심한 레이코의 희고 성스럽고 한껏 부풀어 오른 유방을 떠올리다 내가 사실은 이혼을 당한 것인지도 모른다는 생각이 들었다. 능력도 없는 놈이 레이코 같은 전근대적인 아내를 원했던 것 같다. 나는 이혼당해도 싸지만 지금의 삶이 너무 편안하다고 위로했다.

이층 침대에서 가마쿠라의 추억을 되새기며 돈키호테에서 산 커다란 브러시로 마사지를 했다. 사락사락 감미로운 브러시의 손길이 좋았다. 커다란 브러시로 발가락에서 뒤꿈치까지 가볍게 쓸어주자 발이 가벼워졌다. 발목과 아킬레스건을 가볍게 쓸어주고 종아리부터 허벅지까지 올라가자 피로가 풀렸다. 엉덩이로 올라와선 부드럽게 쓸어주는 동작을 반복했다. 허리 아래 엉덩이 옆 라인을 꼼꼼하게 쓸어줄 때부터는 몸이 가벼워져서 기분이 좋았다. 림프샘이 모여 있는 겨드랑이도 반복해서 쓸어줬다. 어깨선에서 턱밑 부위는 조심스럽게 쓸어 올리고. 그다음 볼과 정수리를 둥글게 빗겨주고 마무리하자 감미로움이 실핏줄을 타고 온몸으로 퍼졌다. 근육이 단단해지면서 그것에 힘이 들어갔다. 실로 오랜만이라 반가웠다. 아무짝에도 쓸모없던 것이 살아나고 있었다. 레이코 같기도 하고 큰언니 같기도 한 여인이 매가리 없는 말을 끌고 왔다. 말에 올라타자 나는 어느새 돈키호테가 되어 풍차를 향해 달렸다.

언니들은 가볍게 날아올랐다

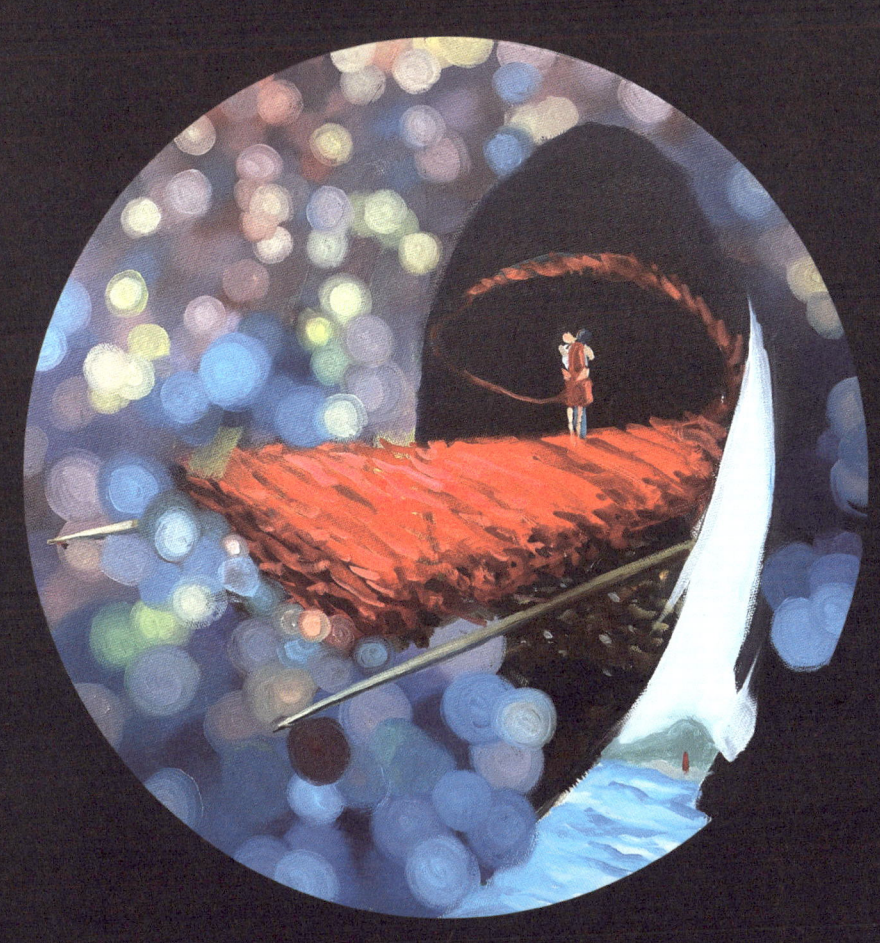

레일크루즈 패키지여행

열차는 아주 천천히 달리면서 레일 마찰 소리를 크게 냈다. 누군가 칼날을 벼리는 소리 같았다. 객실이 흔들렸다. 빨리 달릴 때는 느끼지 못했던 흔들림이었다. 그녀는 거울 쪽에 붙어 이불을 말아 덮었다. 그는 커튼을 치고 침대에 반듯이 누웠다. 피로가 밀려왔다. 이불을 덮으려고 잡아당겼지만 꿈쩍도 하지 않았다.

레일크루즈 패키지여행

그와 그녀는 약속 시각보다 일찍 카페에 도착했다. 그가 먼저 여행사에서 제공하는 음료를 챙겨 들고 출입문이 잘 보이는 테이블 자리에 앉았다. 그녀는 그의 맞은편 자리를 놔두고 한 칸 떨어진 자리에 앉아 역시 출입문을 바라보았다. 그는 모자를 벗어 들고 반백의 머리카락을 쓸어 넘기고 나서 모자를 눈이 가릴 정도로 눌러 썼다. 그녀는 들고 온 종이 쇼핑백을 다리 사이에 놓고 안에서 빨간색 털실과 뜨개바늘을 꺼냈다. 그는 그녀가 털실이 잘 풀리게 정리하는 모습을 보면서 말했다.

"뭘 뜨는 거야?"

"뭘 뜨는 것 같아?"

"여행 가는데, 주책없게."

"여행과 뜨개질은 아주 잘 어울려."

그는 고개를 가로젓고 나서 출입구를 바라봤다. 아침 여덟 시가 되자 레일크루즈를 예약한 사람들이 서울역 3층 집결지 카페로 모여들기 시작했다. 그는 여행 가방을 든 사람이 들어올 때마다 주의 깊게 관찰했다. 가족으로 보이는 일행 여섯 명이 들어오자 조용하던 카페는 음료를 고르고 주문하는 소리에 활기를 띠었다. 그는 여행 일정표를 들어 얼굴을 가리고 사람들을 관찰했다. 열차의 제일 큰 객실이 사 인실이므로 나머지는 이 인실을 하나 더 예약했을 것이다. 의미 있는 가족 여행이라 해도 만만치 않은 금액이었다. 가족으로 보이는 일행을 관찰하던 그는 실망스러운 표정을 짓다가 시선을 그녀에게 돌렸다. 그녀가 여행을 위해 새로 장만한 핑크빛 점퍼가 눈에 띄었다. 목까지 올린 지퍼 손잡이에 종이 택을 고정했던 스트롱핀이 그대로 달려 있었다. 그는 손가락으로 스트롱핀을 가리키며 말했다.

"그건 왜 달고 다녀?"

그녀는 뜨개질하다 말고 자신의 점퍼를 훑어보았다.

"뭘?"

그가 다시 손가락으로 지퍼를 가리키자 무엇을 말하는지 알아차렸다.

"지퍼 올릴 때 편해서 놔뒀어."

그동안 가족을 챙기느라 자신에게는 소홀했던 그녀와 달리 그는 옷에 붙은 실오라기 하나도 용납하지 않았다. 그는 점퍼에 달린 스트롱핀이 낚싯줄 같다는 생각이 들었다. 낚시꾼이 잡은 싱싱한 물고기로 끓인 매운탕을 먹다 발견한 낚싯바늘이 생각났다. 물고기 대가리 살을 발라 먹을 때 나온 낚싯바늘, 살기 위해 몸부림쳐서 낚싯줄을 끊었지만 결국 그물에 걸려 밥상에 오르고 만 물고기의 운명처럼 그녀는 집으로 돌아올 수밖에 없었다.

그녀는 딸이 지방에 있는 회사에 취업하는 바람에 방을 구해 내려가자 그에게 별거를 선언했다. 미리 치밀하게 준비했기 때문에 한

달도 지나지 않아 조용한 주택가의 옥탑방을 얻었다. 삼십 년 만에 자기만의 공간을 만들었다. 처음 몇 달간은 삼시 세끼가 아니라 배가 고플 때 밥을 먹었고 화초를 가꾸며 온종일 음악을 들으며 책을 봤다. 그녀는 어느 정도 심리적인 보상이 이루어지자 친구들과 옥탑방에서 모여 수다를 떨며 뜨개질을 했다. 그녀의 딸은 그녀가 뜨개질하는 모습을 좋아하지 않았다. 뜨개질은 달리 바깥활동을 할 게 없어 시간이 남는 여자의 취미로 여겼고 그녀가 손수 떠준 목도리를 하지 않았다. 그녀는 딸과 달리 뜨개질을 하찮은 여성적인 일로 생각하지 않았다. 공간 지각력이나 집중력이 필요한 일이라고 생각했다. 그녀와 친구들은 한 땀 한 땀, 한 올 한 올 정성스럽게 뜬 모자, 목도리, 반려견 옷을 인터넷 쇼핑몰을 하는 지인에게 위탁 판매했지만 판매는 저조했다. 뜨개질 모임은 일 년을 넘기지 못했다. 집주인이 옥탑방의 월세를 올리자 감당할 수가 없었고 통장 잔고도 바닥이 보였다. 즐겁게 모여앉아 같이 작업했던 친구들은 오른 월세 일부를 분담해 달라는 그녀의 제안을 못 들은 척했다. 처음에는 한 올 한 올 온기 충전되어 탄생하는 뜨개질에 어떤 메시지를 담아 전시회를 하자던 진취적인 친구도 입을 닫았다. 그녀는 일 년 계약 기간을 몇 달 남겨 놓고 적당한 일자리를 알아보다 포기했다.

   그는 그녀가 집에 없는 동안 아내의 존재를 새삼 깨달았다. 까짓것 나이 들수록 고독을 즐길 줄 알아야 한다고 자신했지만 아니었다. 하지만 한 가지 자신도 몰랐던 능력을 발견했다. 냉장고에 방치된 잡다한 음식 재료에서 색다른 영감을 끌어올려 전혀 어울릴 것 같지 않은 조합으로 한 끼를 그럴듯하게 해결했지만 그녀가 해주는 집밥이 그리웠다. 그는 차려주는 집밥을 통해 유지되는 생의 감각을 잃어버려 시간이 굴러가다 멈춘 것처럼 고요하고 쓸쓸했다. 그녀가 오른 월세를 감당할 수가 없어 어쩔 수 없이 들어왔다 하더라도 잘 달래서 집밥을 매일 먹고 싶었다.

여행 가방을 든 사람들이 카페에 하나둘씩 들어왔다. 그는 계속 들어오는 사람들을 하나하나 관찰했다. 카페 좌석에 사람들이 거의 찼을 무렵 군인 정복처럼 금색 띠를 둘러 장식한 유니폼을 입은 승무원들이 카페에 들어왔다. 일박 이일 동안 기차여행객을 안전하게 모실 승무원들은 자리에 앉은 사람들에게 다가가 예약 고객인지 확인하고 목에 거는 명찰을 나눠주고 안내사항을 전달했다. 그는 같이 기차여행을 하는 승객이 누구인지 전부 알 수 있었다. 그가 여행 일정표를 점퍼 주머니에 넣으며 말했다.

"고품격 레일크루즈에 어울릴 만한 사람이 없네."

그녀가 그를 힐끗 쳐다보고 나서 말했다.

"또 시작이야. 사람을 어찌 겉만 보고 판단해."

"척 보면 알지."

예약 고객에게 명찰과 안내사항을 전달한 승무원이 앞장섰다.

"모두 승강장으로 이동하시겠습니다."

그가 일어나 가방을 어깨에 메며 말했다.

"승무원 유니폼이 촌스러워, 상조회 직원 같잖아."

그녀는 뜨개질을 멈추고 일어나 가방과 종이 쇼핑백을 챙겼다. 그러자 그가 다가가 그녀의 가방을 들었다.

"웬일이야. 짐을 다 들어주고."

"이까짓 게 짐이라고."

딸은 그녀가 옥탑방을 정리하고 집에 들어왔을 때 그와 화해한 줄 착각하고 레일크루즈여행권을 부모의 결혼 삼십 주년 선물로 예약했다. 그는 여행권을 받았을 때 옛날 생각이 났다. 결혼 전 새로운 직장을 구하기 전에 블라디보스토크를 출발해 모스크바까지 가는 시베리아 횡단 열차를 예약했는데 바로 취직이 되는 바람에 하지 못했다. 결혼 후 휴가를 길게 낼 수 있게 되었을 때는 그녀와 같이 여행을 가야 한다는 사실이 마땅치 않았다. 그녀 몰래 몇 년 만났던 여인과 이별하고 나서 미안한 감정에 러시아 기차여행을 다시 생각했다. 그러나 여행 블로그를 통해 간접 체험한 횡단 열차는 일등석이라 하더라도 공동 화장실을 사용해야 하고 좁은 공간에서 그녀와 몇날 며칠을 부대껴야 한다는 사실에 엄두가 나지 않았다. 그는 결혼 이십 주년에는 꼭 기차여행을 하기로 약속했으나 회사일 때문에 흐지부지되어버리고 말았다.

그녀는 남편과 가는 여행이라 내키지 않았으나 딸의 의도와 성의를 무시할 수 없었다. 그녀는 옥탑방을 정리하고 집으로 들어올 때 다짐했다. 집을 팔아 재산을 나눠 제대로 집을 얻어 남은 인생을 다시 시작하겠다는 생각이었다. 자신의 집을 마련하려면 여러 고비를 넘겨야 했다. 제일 먼저 해야 할 일은 법적인 이혼이었다. 이혼은 별거를 시작했을 때부터 얘기가 오갔다. 그는 잠시 떨어져 살아보고 다시 얘기하자고 했다. 그녀는 떨어져서 살아 봤으니 이젠 법적인 정리를 하고 싶었다.

 승강장에는 온통 군청색 바탕에 날아오를 듯한 금색 용이 그려진 레일크루즈가 위엄찬 모습을 뽐내고 있었다. 여행객들은 승차해서 식당 칸을 들렀다가 각자의 방으로 갔다. 식당 칸엔 아침 대용 김밥, 빵 그리고 과일이 있었다. 승객들 대부분은 짐을 풀기 위해 각자의 방으로 바로 이동했지만 몇몇은 식당 테이블에 앉아 차를 마시며 분주한 서울역 승강장을 바라보았다. 열차의 출입문이 닫히고 열차가 천천히 움직였다. 그는 식당에 앉아 실내를 찬찬히 살펴보았다. 그녀는 맞은편에 앉아 그가 어서 차를 마시고 일어나기를 기다렸다. 그는 좌석을 손바닥으로 쓰다듬어 보았다. 빨간 좌석은 상상했던 고급스러운 벨벳 원단이 아니라 레자였고 기둥과 창틀은 나무무늬 시트지로 마감하여 가장자리 부분은 벗겨지고 있었다. 그는 차를 마시면서 여행 안내 책자에 소개된 열차에 관한 내용을 읽었다. 십여 년 전 중국 올림픽에 참가할 남북선수단을 태우고 갈 남북 화합 열차였으나 남북 관계가 나빠지는 바람에 국내 관광열차로 개조되었다는 내용이었다. 이번 여행을 화해의 여행으로 여기고 있던 그는 열차 실내장식의 흠집이 더 도드라져보였다.
 그와 그녀는 좁은 통로를 지나 객실로 이동했다. 식당 칸보다는 바깥 풍경이 잘 보이도록 창이 난 통로가 고급스러웠다. 심하게 흔들리는 열차의 통로는 낯선 공간이었다. 그는 미지의 세계로 이동하는 듯한 설렘에 발걸음이 빨라졌다. 객실 문을 열자 이 인용 침대가 공간을 거의 독차지하고 있었다. 마치 그동안 떨어져 지냈으니 이제부터는 꼭 붙어 있으라고 말하는 듯했다. 창틀에 붙은 작은 테이블은 있는데 의자가 따로 없는 스탠더드 객실이라 침대에 걸터앉아야 했다. 그녀가 먼저 화장실에 들어가 물을 틀어보고 변기를 점검했다. 화장실 안에 샤워커튼으로 구분되는 샤워 공간이 있는 것은 다행이었다. 가방의 짐을 풀고 두 사람은 창밖을 바라보고 앉았다. 아직 수도권을 달리는 창밖의 풍경은 콘크리트와 황폐한 공장지대 같은 이미지만 펼쳐졌다. 그녀는 낮게 드리운 겨울 햇살에 눈이 부셔 커튼을 내리고 티브이를 켰다. 오랜만에 나란히 앉아 먼 곳을 바라보며 여행의 분위기에 젖어 들던 그는 티브이 소리에 다시 일상으로 돌아온 기분이었다. 티브이를 보려면 침대에 나란히 눕거나 상체를 세우고 앉을 수밖에 없었다. 객실에는 온도 조절기가 없었다. 송풍구로 더운 바람은 나왔지만 외풍이 심한 오래된 주택처럼 한기가 돌았다. 그는 인터폰으로 실내 온도를 높여 달라고 했는데 개별 조절은 안 되고 열차가 더 달리면 따뜻해질 거라는 것과 저녁에는 온도를 더 높인다는 답변을 들었다. 이불 위에 앉아 있던 두 사람은 이불을 끌어 내린 다음 안으로 들어갔다. 두 사람의 간극은 한 뼘 정도였고 객실의 추운 기운이 그 사이로 파고들었다.

안내 방송이 나왔다. 여행 일정 안내와 승무원 소개를 위해 식당 칸 옆의 이벤트 칸으로 모여 달라는 내용이었다. 그녀는 종이 쇼핑백에서 털실과 뜨개바늘을 꺼내면서 말했다.

"나는 여기 있을게."

그는 혼자 이벤트 칸으로 가서 여행객들을 자세히 관찰했다. 일행이 럭셔리 레일크루즈 여행에 어울리는 사람들인가를 다시 확인하는 자리였다. 일행 중에는 혼자 온 청년이 있었다. 힘든 일을 겪고 나서 자신에게 여행을 선물했다는 청년은 모범생 스타일에 수줍어하는 성격이었다. 그는 서로 인사를 나누는 자리에서 자신은 아내와 결혼 삼십 주년 기념여행 왔다고 소개하자 모두 축하해주었다. 그는 여행객들을 다시 살펴봤다. 일행의 자기소개 시간에 드러난 여행의 목적, 계기, 인상, 말투, 차림새를 분석하고 자신과 견주어 보고는 적잖이 실망했다.

 그는 객실로 돌아왔다. 침대가 놓인 객실 한쪽 벽은 거울이었다. 그녀는 그가 돌아왔어도 본체만체 거울 쪽에 앉아 뜨개질을 계속했다. 그는 전신거울에 맨살이 닿는 것 같은 싸늘함을 느꼈다. 그가 거울 속의 그녀를 바라보며 말했다.

 "넓어 보이라고 거울을 달았군."

 그가 옆으로 와서 이불을 덮자 그녀는 거울 쪽으로 몸을 틀었다. 그가 거울을 보며 말했다.

 "당신 보고 누워도 창밖이 보여서 좋네."

 열차가 달린 지 한참 만에 실내 온도가 올라갔다. 그는 이불 속에서 빠져나와 거울을 봤다. 아주 오래전 얼떨결에 기억이 잘 나지 않는 어느 여자와 들어갔던 모텔이 떠올랐다. 타오르는 욕망보다는 취한 몸을 가누지 못해 눈에 띄는 간판을 보고 들어갔던 곳이었다. 그날 그 모텔에 널따란 거울이 없었다면 뜨거운 밤을 보냈을지도 몰랐다. 모텔 천장의 희미한 무드조명은 스위치를 아무리 조작해도 꺼지지 않았다. 거울에 비친 자신이 타인처럼 자신을 노려보는 바람에 욕망이 끓어오르지 않았다.

"뭘 그리 열심히 뜨는 거야?"

"당신 선물."

그녀는 빨간색 굵은 털실을 잡아당긴 다음 빠르게 손을 놀렸다. 아직 완성된 형태를 가늠할 수 없었지만 빨간 뱀이 허물을 벗는 것처럼 길게 늘어졌다.

"목도리 같은데 난 필요 없으니 당신 거나 떠."

그녀는 쉬지 않고 손을 놀리면서 말했다.

"예전에 떠준 목도리 버린 거 아냐?"

"무슨 소리, 잃어버렸다니까."

열차가 제천역에 가까워지자 안내 방송이 나왔다. 여행의 첫 일정은 점심 메뉴인 한우구이를 먹고 조선 제6대 임금인 단종이 세조에게 왕위를 빼앗기고 유배되었던 청령포 관광이었다. 여행객들은 제천역에 내려 버스를 타고 식당으로 이동했다. 여행사는 식당의 자리 배치에 신경을 썼다. 자리마다 이름표를 놓아 일행이 서로 섞이지 않고 거리를 두고 앉을 수 있었다. 여행객들이 자리에 앉자 테이블마다 숯불이 올려졌다. 한쪽 테이블에서 옆 사람과 건배를 하자 건배는 순식간에 번지면서 서로 인사를 나누었다. 그와 그녀도 마지못해 술잔을 들어 건배했다. 한우 고기를 남긴 테이블은 없었다.

버스를 타고 청령포로 갔다. 그녀는 배를 타고 깊지 않은 강을 건너 단종이 살았던 유배지를 둘러싼 소나무 숲을 산책하면서 이 정도의 풍광이면 혼자라도 얼마든지 갇혀 살아도 좋겠다는 생각을 했다. 그는 그녀와 거리를 두고 따라 걸었다. 같이 손을 잡고 걸었던 시절

이 있었지만 생각나질 않았다. 여행객을 인솔하던 승무원이 다가와 사진을 찍어 주겠다고 했다. 그녀는 사절했지만 그는 그녀를 잡아끌었다.

"한 장 찍자고. 언제 또 찍겠어."

"그래, 마지막 여행인데 한 장 찍어야지."

두 사람은 한 뼘의 간격을 두고 단종의 유배 당시 오열하는 소리를 들었다는 관음송 앞에 나란히 섰다. 나이가 600년 정도로 추정되는 관음송은 둥근 울타리 안에 홀로 서 있었는데 줄기가 두 갈래로 갈라져 하나는 서쪽으로 기울어져 있었다. 승무원이 그의 스마트폰을 받았다.

"찍습니다. 활짝 웃으세요."

그는 입꼬리를 올렸고 그녀는 허탈하게 웃었다. 여행객들은 청령포를 나와 단종의 묘가 있는 장릉으로 갔다. 그는 장릉을 둘러보는 동안 입술이 터서 쓰라렸다. 사진을 찍을 때 입꼬리를 올리는 바람에 메마른 입술이 갈라진 것이다.

장릉을 나와 단양 전경을 한눈에 볼 수 있는 만천하 스카이워크로 갔다. 그녀와 여행객들은 남한강 절벽에 세워진 전망대로 올라갔지만 그는 단양강을 바라보며 커피를 마시겠다면서 카페에 가려고 했다.

"이놈의 패키지여행, 귀찮아 죽겠네."

"올라가서 멋진 풍광을 봐야 마음이 넓어지지."

"당신이나 올라갔다 와."

십여 년 전이었던가. 그녀는 여행 계를 했던 여고 동창들과 터키로 패키지여행을 갔을 때 추가 옵션을 하지 않고 관광버스만 타고 다녔던 사내들이 떠올랐다. 비싼 옵션이었지만 새벽에 일어나 카파도키아에서 열기구를 타고 올라 내려다본 풍경은 지구가 아닌 다른 행성처럼 신비로웠다. 열기구를 타고 호텔로 돌아와 환상적인 비행을 자랑했지만 사내들은 부러워하지 않았다.

그녀는 사람들의 꽁무니를 따라 전망대로 올라가다 멈춰 서서 카페에 멍하게 앉아 있는 그를 측은하게 바라봤다. 그녀가 그를 바라보는 동안 여행객들 모두 전망대로 이동했다. 그녀는 전망대에 올라가지 않고 내려와 카페로 갔다.

"왜 가서 구경하지 않고?"

"사람들 졸졸 따라다니는 패키지여행이 내 인생 같아."

"뭐라고?"

"자유여행 같은 삶을 살았어야 했어."

"저녁 먹을 때가 되어 가는데 아직 배가 안 꺼졌네."

그녀는 커피를 들고 일어나 버스로 갔다. 버스 앞에서 담배를 피던 운전사가 문을 열어주었다. 아무도 없는 버스 안이 카페보다 편안했다.

저녁은 단양군 관광호텔에서 버섯요리를 먹었다. 그녀는 점심때 먹은 한우가 아직 소화되지 않았지만 밥상에 앉으니 또 먹을 수 있을 것 같았다. 그는 오랜만에 받은 푸짐한 상차림이 반가웠다. 반찬 가짓수가 많아 한 번씩만 맛봐도 배가 불렀다. 그녀는 그가 왕성한 식욕을 보이자 그만 밥맛이 떨어졌다. 버섯찌개가 끓기를 기다렸다가 국물을 몇 번 떠먹고 말았다. 식사를 마친 여행객들은 버스를 타고 단양역으로 가서 대기하고 있던 기차에 올랐다. 기차는 경주를 향해 출발했다. 그는 객실에 있다가 식당 칸에서 제공하는 캔 맥주를 가지러 갔다. 과일과 마른안주는 풍성하게 제공됐지만 술은 맥주만 있었다. 식당 칸 앞의 이벤트 칸에서 이벤트가 시작되고 있었다. 식당 칸에서 캔 맥주를 챙겨 이벤트 칸을 지나 객실로 가려는데 승무원들이 준비한 난타 공연이 시작되어 지나갈 수가 없었다. 네 명의 승무원이 북을 울렸다. 여행객들의 여흥을 위해 많이 연습한 솜씨라 생각보다 흥겨웠다. 그는 이벤트 칸의 빈자리에 앉고 말았다. 그곳엔 혼자 온 청년도 있었다. 그는 혼자만의 시간을 즐길 것 같은 청년을 이해할 수 없었다. 대부분 중년을 넘긴 승객들과 함께하는 게임과 오락이 재미있을 리 없었다. 그는 여자 승무원들을 관찰하면서 청년이 어느 여자 승무원에게 반했을 거로 추측했다. 승무원들의 공연이 끝나고 사회자가 등장하여 다 같이 하는 게임을 시작했다. 그는 스마트폰으로 사진을 찍어 이벤트 칸의 분위기를 담아 그녀에게 보냈다. 사진에 나타난 이벤트 칸의 분위기는 매우 흥겨워 보였다. 그녀는 그가 보낸 메시지를 보고 종이 쇼핑백을 들고 이벤트 칸으로 왔다. 공연 도중 사회자가 승객을 지목하여 일어나 춤추라고 부추겼다. 빠져나갈 기회만 엿보고 있었던 그는 당황스러웠다.

"오라는 뜻으로 보낸 게 아닌데."

"맥주가 먹고 싶어서 왔어."

그녀는 그가 가져다준 맥주를 마시면서 뜨개질을 했다. 옆 좌석의 중년 여자가 그녀에게 물었다.

"뭘 그렇게 열심히 뜨세요?"

"남편 선물이에요."

"지극정성이시네요."

게임이 끝나자 여행사에서 부른 아마추어 가수가 기타를 들고 등장했다. 같이 노래 부르는 시간이었다. 추억의 팝송을 몇 곡 부른 가수는 다 같이 부를 수 있는 가요를 선별하여 반주했다. 전체 조명이 꺼지고 분위기 조명이 켜졌다. 천장의 미러볼이 돌아가자 이벤트 칸은 노래방으로 변신했다. 여행객들은 캔 맥주를 가져와서 마시며 무대로 나가 노래를 불렀다. 승객들은 지칠 줄 몰랐다. 그와 그녀는 노래 선곡이 트로트 일색이 되자 식당 칸으로 가서 자리 잡았다. 텅 빈 식당 칸에는 청년 혼자 맥주를 마시고 있었다.

천천히 달리던 열차는 단양과 경주 사이 어느 역에 정차했다. 차창 밖의 풍경은 승강장과 떨어진 화물을 싣고 내리는 철로 같았다. 밤새 달릴 필요가 없는 거리였기 때문에 정차는 당연한 거였다. 정비를 마친 열차가 옆 철로를 지나갔다. 그는 바람을 쐴 요량으로 출입구로 갔으나 문은 굳게 닫혀 있었다. 열차 안은 밝았고 밖은 어두웠다. 휘어진 철로 때문에 식당 칸에서 이벤트 칸의 불빛이 보였다. 옆 철로에 정차된 객차의 차창에 이벤트 칸의 흥겨운 불빛이 반사되고 있었다. 깊은 산속 아니면 황량한 들판에 들어선 서커스 공연장 같았다. 은밀하게 모여들어 그들만의 공연이 벌어지는 곳, 독특한 교리를 가진 신흥종교집단의 부흥행사 같았다.

정비공들이 고양이처럼 승강장과 철로를 오가며 일을 했다. 그들은 여행객들이 밤을 지새우는 열차를 바라보지 말라는 지시를 받았는지 열차 쪽으로는 전혀 눈길도 주지 않았다. 그는 식당 칸에 앉아 정비공들을 관찰했다. 정비공들은 열차 밑으로 와 망치로 기계를 두드리는 소리를 냈고 연속적으로 덮개를 열었다 닫는 소리를 내기도 했다. 일부러 소리를 크게 내는 듯했다. 음주와 가무가 진행되는 열차의 따뜻한 안쪽이 울림판이 되어 소리가 크게 들리는 듯했다. 그는 정비공들이 일하면서 열차 안을 쳐다보지 않는데도 따가운 시선을 느꼈다. 겨울밤 어느 역에서 조금 떨어진 철로에 서 있는 열차의 불빛은 길게 이어진 유흥가의 골목이 연상되었다. 그녀는 어느 겨울밤 그를 찾아 나섰던 기억이 생생하게 떠올랐다. 그가 퇴근해서 샤워하는 동안 휴대전화에 들어온 문자 메시지를 보고 나서 배신감에 몸이 얼어붙었고 이혼 소송을 위한 증거를 잡기 위해 그의 뒤를 밟았던 기억이었다. 회식을 끝낸 그는 어느 곱상하고 세련미가 넘치는 여인을 만나 노래방에 갔다. 그녀는 맞은편 방에 들어가 그와 여인이 부르는 노랫소리에 귀를 기울였다. 노래방 주인이 그가 주문한 맥주를 가져다줄 때 그녀는 몰래 그 방을 들여다보았다. 그는 빨간 원피스를 입은 여인을 안고 흐느끼듯 노래를 불렀다. 바닥에는 그에게 자신이 손수 떠준 회색 목도리가 떨어져 있었고 문이 닫히는 순간 목도리가 여인의 발에 밟혔다. 그녀는 두 사람이 노래방을 나와 모텔에 들어가는 것까지 확인했다. 하지만 그녀는 빨간 원피스와 목도리가 짓밟혔던 기억을 가슴에 묻어 버렸다. 이혼하면 먹고살 일도 막막했지만 결정적인 것은 딸의 앞날에 피해를 줄까 봐 겁이 났었다. 그녀는 손이 떨려 뜨개질을 멈추고 털실과 뜨개바늘을 종이 쇼핑백에 집어넣었다.

그녀는 그가 화장실에 간 사이 고개를 빼고 옆 좌석에 앉은 청년에게 말을 걸었다.

"혼자 여행하는 모습이 좋아 보여요."

청년은 캔 맥주를 다 비우고 나서 찌그러뜨렸다.

"아내랑 같이 오기로 했는데 싸웠어요. 열 받아서 그냥 혼자 왔죠."

"저런, 그런 줄도 모르고."

"싸우다 보면 사이가 더 나빠질까 봐 피하다가 쌓이고 쌓였어요."

"맞아요. 싸워야 해요. 난 참기만 했어요."

"그래요? 두 분 참 다정해 보이는데요."

"전혀 아니에요. 우린 이별 여행 왔어요."

그가 손을 비비며 나타났다. 그녀는 캔 맥주를 땄다. 경쾌한 소리와 함께 거품이 넘쳐흘렀다. 열차 정비가 끝나자 이벤트 칸의 열기도 차츰 식어갔다. 거의 객실로 돌아갔고 서너 사람들만 마이크를 끈질기게 붙잡고 있었다.

"저 사람들 지쳐 쓰러질 때까지 부를 작정이군."

"그러지 말고 가서 한 곡 뽑아보시지?"

"노래방이라면 질색이야."

순간 그녀는 그가 노래방에서 흠뻑 취해 빨간 원피스를 입은 여인과 부둥켜안고 블루스를 추는 장면이 떠올랐다.

"거짓말, 노래방 좋아하면서."

"뭔 소리를 하는 거야. 저건 비싼 여행비에 대한 본전을 뽑고 말겠다는 열망이 노래로 터져 나오는 거야."

"저 사람들은 즐거워 보이는데?"

이벤트 칸의 문이 열렸다. 목청이 늘어지는 노랫가락이 크게 들렸다. 누군가 캔맥주를 챙겨 다시 이벤트 칸으로 들어갔다.

"저, 집념에 공감이 간다. 하루 일정을 보낸 지금 비싼 여행비용 대비 만족도는 현저히 낮아졌거든. 점심으로 일 등급 한우구이를 먹을 때까지만 해도 좋았는데 말이야. 만족스럽지는 않아도 크게 실망스럽지는 않을 것이라는 기대가 무너진 것이지."

"당신은 기대를 많이 했나 봐?"

"기대는 무슨 기대를."

그와 그녀는 맥주를 마시고 일어나 냉장고에서 캔 맥주를 챙겨 식당 칸을 나섰다. 연결 통로를 지날 때 디젤기관의 배기가스 냄새가 스며들어와 있었다. 열차는 정차해 있지만 물을 보충하고 연료를 채우고 객실에 전기를 공급하기 위해 밤새도록 엔진을 돌려야 했다.

"밤새 때는 기름 때문에 비싼 거였군."

그가 객실에 들어와 티브이를 켜자마자 그녀가 티브이를 껐다.

"집에서 맨날 보는 거, 여기까지 와서도 봐야겠어."

그는 무슨 할 말이 있는 듯한 그녀의 행동에 긴장되어 그녀와 눈을 맞추지 못했다.

"뭐 할 말 있어?"

"어떻게 할시 생각해 봤어?"

"생각해 봤지."

그녀는 자세를 고쳐 앉았다.

"재산이라고 해봐야 아파트 한 채 있는 거 팔아서 쪼개야 하는데……."

"그런데?"

"그렇게 쪼개면 딸한테 물려 줄 것도 없어."

"이젠 딸 핑계를 대는구나."

"거참, 기가 막혀서. 내가 당신이랑 헤어지기 싫어서 그런 줄 알아?"

그녀는 원점으로 돌아온 것 같아 맥이 빠졌다.

"생각해 보니 웃기네, 딸 때문에 이혼을 못하고 꾹 참았는데 당신도 딸 핑계를 대다니."

"무슨 소리를 하는 거야?"

창밖을 바라보는데 그가 옆으로 와서 앉았다. 두 사람은 객실 침대에 앉아 창밖을 바라봤다. 오랜만에 나란히 앉아 한곳을 바라본 것이다. 창밖 어둠 속에서 보이는 것은 희미한 얼룩 같은 불빛이었다. 그녀는 객실의 조명을 껐다. 창밖의 희미한 불빛은 별빛처럼 아주 먼 곳에서 오고 있었다. 어떤 암시를 주는 듯했고 닿을 수 없는 미지의 세계에서 오는 불빛은 답답한 현실을 비추기에 역부족이었다.

맥주 캔 따는 소리가 침묵을 깼다. 맥주 캔 따는 소리가 한 번 더 났다. 이윽고 맥주가 목젖을 넘어가는 소리가 들렸다. 그가 입맛을 다시며 말했다.

"맥주가 다 식었네."

"식으니까 맥주 맛이 더 좋아."

"맥주는 시원해야 제맛이지."

"미지근하니까 맥주 맛을 제대로 느낄 수 있네. 그동안 맛도 모르고 그냥 마셨어."

"소주랑 타 먹으면 모를까 밍밍하네."

"차가운 맥주에서는 느낄 수 없는 구수한 보리의 맛, 자극적이지 않은 탄산이 부드럽게 넘어 가서 좋아."

말없이 맥주를 마시는 동안 건너 철로에 열차가 지나갔다. 텅 빈 객차였다. 열차가 지나가는 동안 어둠에 싸여 있던 철로 주변이 밝아졌다. 창밖의 희미한 불빛은 아주 먼 곳의 존재가 아니었다. 멀리 떨어진 곳이 아닌 역의 울타리에 세워진 가로등 불빛이었다.

그는 맥주가 떨어지자 맥주를 더 가지러 식당 칸으로 갔다. 냉장고 안쪽에서 꺼낸 캔 맥주는 한여름의 갈증을 순식간에 날려 보낼 정도로 차가웠다. 그는 캔 맥주 네 개를 안고 객실로 돌아왔다. 객실의 문을 열자 따뜻한 기온과 자신과 그녀의 체취가 섞인 포근한 냄새가 풍겼다. 그녀는 침대에 맥주를 마시다 바로 누워버린 듯한 자세로 눈을 감고 있었다. 그는 맥주를 테이블에 내려놓았다. 차가운 맥주가 따뜻한 공기 중으로 빠져나온 듯 맥주 캔의 표면에 물이 맺혀 흘렀다. 손으로 맥주 캔을 훑고 물기를 바지에 쓱쓱 닦고 나니 바로 또 물기가 맺혔다.

그는 그녀를 지그시 내려다보다가 차가운 맥주 캔을 그녀의 얼굴에 가져다 댔다. 그녀가 벌떡 일어나는 바람에 맥주 캔이 굴러떨어졌다. 그녀는 몸을 부르르 떨며 말했다.

"뭐 하는 짓이야!"

희뿌연 새벽어둠을 뚫고 열차가 천천히 움직였다. 다음 정차역인 경주를 향해 간다는 짤막한 안내 방송이 나왔다.

"뭘 그리 화를 내고 그래."

그녀는 심장 박동이 가라앉지 않았다. 지금 이 상황을 전혀 심각하게 생각하지 않는 그가 너무 답답했다. 심호흡을 몇 번 하고 나서야 겨우 진정이 되었다. 날이 서서히 밝아 왔다. 열차는 아주 천천히 달리면서 레일 마찰 소리를 크게 냈다. 누군가 칼날을 벼리는 소리 같았다. 객실이 흔들렸다. 빨리 달릴 때는 느끼지 못했던 흔들림이었다. 그녀는 거울 쪽에 붙어 이불을 말아 덮었다. 그는 커튼을 치고 침대에 반듯이 누웠다. 피로가 밀려왔다. 이불을 덮으려고 잡아 당겼지만 꿈쩍도 하지 않았다.

열차가 경주역에 도착했을 때 그와 그녀는 겨우 일어났다. 세수도 제대로 할 수 없어서 모자를 눌러쓰고 거울도 못 보고 열차에서 내렸다. 여행객들은 제일 늦게 나타난 그와 그녀를 보고 일제히 손뼉을 쳤고 누군가 금실이 좋아 밤에 잠을 못잔 것 같다고 했다. 또 그의 옆에 있던 사내는 그의 눈곱을 발견하고 밥맛이 뚝 떨어졌다고 했다.

여행객들은 버스를 타고 불국사 근처의 뷔페식당으로 가서 아침을 먹고 신라의 정신과 문화가 응집된 세계적 유적과 유물을 돌아보았다. 그와 그녀는 적당한 거리를 유지하며 문화해설사를 따라 다니는 동안 아무것도 눈에 들어오지 않았다. 문화해설사가 몇 년 전 경주에서 진도 6의 지진이 발행했을 때의 유물의 피해 상황을 이야기하면서 불국사 다보탑과 첨성대 등의 경주 문화유산들은 크고 작은 피해를 입었지만, 박물관의 국보·보물을 비롯한 명품 유물들은 기적적이라고 할 만큼 별 이상이 없었다고 했다. 박물관에서는 경주에 지진이 일어난 날로부터 두 달 전 울산 앞바다의 지진 발생 소식을 듣고 유물 오백여 점에 대한 고정 작업을 미리 해두었던 것이다. 그는 박물관 얘기를 들으면서 이혼의 징조가 언제부터 시작되었는지 곱씹어 보았지만 생각이 나지 않았다. 결혼 이십 주년에 기차여행을 하기로 약속했으나 흐지부지되어버렸던 일이 발단이 되었을 수도 있었다. 여러 가지 일들이 쌓여 이혼 직전까지 왔겠지만, 그녀가 이혼을 요구하는 데는 예상치 못한 이유가 있을 거란 생각이 들었지만 도대체 떠오르는 게 없었다.

점심은 경주 한옥마을 식당의 한정식이었다. 전통 자기와 놋그릇에 내온 정식 코스는 문어숙회, 샐러드, 가지튀김, 모듬전 그리고 바로 만들어 나온 듯한 쫄깃한 당면의 잡채로 시작되었다. 본격적인 요리는 정갈한 밑반찬과 함께 나온 떡갈비, 조기구이, 된장찌개였다. 배가 부르기 전에 모두 맛을 보려고 조금씩 떠먹었다. 그가 샐러드와 함께 나온 수삼을 꿀에 찍어 한입에 먹는데 그녀가 그를 노려봤다. 그는 여러 가닥으로 된 뿌리를 잘라 나눠 먹거나 그녀에게 먼저 권했어야 했다고 후회했다.

"앞으로 잘 챙겨 먹고 살아."

"밥맛 떨어지게……."

"나이를 생각해서 잘 챙겨 먹으라고."

여행객들은 점심을 먹고 한옥마을을 산책하고 버스에 올랐다. 경주역에 도착해서 단체 사진을 찍었다. 서울로 가는 열차에서는 기념

경품을 골고루 배분하기 위한 퀴즈 이벤트가 열렸다. 모두 이벤트 칸에서 경품을 받으려고 퀴즈를 풀고 있을 때 그와 그녀는 객실에서 꼼짝하지 않았다. 열차는 빨리 달렸다. 흔들리지 않았고 마찰 소리도 나지 않았다.

그녀는 침대에 앉아 뜨개질을 하며 말했다.

"나는 당신이 바람피우는 거 알고 있었어."

"그것 좀 집어치워."

"다 됐네."

그녀는 빨간 목도리를 좍 펼쳐 보이며 말했다.

"당신은 빨간색이 잘 어울려."

"새빨간 걸 어떻게 하고 다녀."

"빨강을 좋아하는 줄 알았는데."

"무슨 소리를 하는 거야?"

"십 년 전이었지. 빨간 원피스 입은 여자가 생각나. 당신과 아주 잘 어울렸어."

열차가 터널로 들어갔다. 차창 밖은 암흑이었다. 그는 고개를 숙이고 어떻게 반응할지 결정하고서도 망설이다 열차가 터널을 빠져나왔을 때 천천히 고개를 들었다.

"그동안 모르는 척하느라 애썼네."

"관계를 유지하기 위해 속에 담아 놓고 사느라 힘들었어."

"이제 와서 그것 때문에 이혼하자는 건가?"

"오해하지 마. 바람피운 거 그거. 그까짓 거 뭐라고. 십 년 전에는 역겨웠지만 지금은 아무렇지도 않아. 나는 혼자 조용히 뜨개질할 시간이 필요해서 이혼하자는 거야."

"거참, 알 수가 없군, 내가 뜨개질을 못하게 하는 것도 아닌데."

"당신에게 뜨개질의 의미를 설명하기 참 어려워."

그녀는 목도리 끝단의 코를 단단히 여며 마무리한 다음 옆으로 밀어 놓고 이불을 뒤집어쓰고 누웠다. 그는 침대에서 일어나 차창 밖을 바라봤다. 뭔가 계속 달려와서는 머물지 않고 사라졌다. 그가 내뿜는 입김에 차창이 흐려졌다. 얼마 지나지 않아 응결된 물방울이 눈물처럼 흘러내렸다. 그는 손으로 유리창을 닦았다. 열차는 구부러진 철길을 달리고 있었다. 버팀목 위의 강철 레일은 서로 끝까지 평행이었다. 열차를 달리게 할 뿐 두 가닥은 서로 맞물리지 않았다. 그는 이불을 뒤집어쓴 그녀를 바라보다 지금까지 두 가닥을 지탱해준 버팀목이 생각났다. 딸에게 뜻깊은 여행이었다고 고맙다고 문자 메시지와 함께 그녀와 청령포 관음송 앞에서 찍은 사진을 보냈다.

열차가 서울역에 도착했다. 그녀는 일어나서 점퍼를 입고 지퍼에 달린 스트롱핀을 손가락으로 뜯었다. 낚싯줄같이 질겨 손가락이 아팠다. 승무원들은 먼저 내려 승강장에 도열했다. 승객들이 열차에서 내릴 때마다, 승무원들은 절도 있게 인사했다. 그녀는 가방을 메고 앞서 걸었다. 빠르고 힘찬 걸음이었다. 그는 그녀를 따라잡으려 했지만 다리가 풀리고 몸이 떨렸다. 서울의 기온이 갑작스럽게 떨어져 여행객들 모두 옷깃을 여몄다. 그는 멈춰 서서 가방에서 빨간 목도리를 꺼내 목에 둘렀다. 목도리는 길어서 칭칭 감을 수 있었다. 그녀는 뒤도 돌아보지 않고 택시 정류장으로 향했다. 택시에 올라탄 그녀는 갑자기 어디로 가야 할지 몰랐다. 열차에서 내릴 때 생각한 목적지가 도무지 생각나지 않았다. 그녀가 머뭇거리는 사이 헐레벌떡 뛰어온 그가 조수석에 올라탔다. 그는 집 주소를 말하고 숨을 몰아쉬었다. 택시는 출발했지만 시원하게 달리지 못했다. 퇴근 시간이었다. 도로에는 집으로 가려는 자동차들의 빨간 브레이크 등이 길게 이어졌다.

경대 앞에서

나전칠기로 만든 화장대에서는 언제나 엄마 냄새가 난다. 어머니의 냄새는 간장 조림 냄새지만 엄마의 냄새는 장미향 같은 분 내음이다. 호칭에 따라 추억의 향수가 달라진다. 어머니는 따뜻한 밥상이고 엄마는 찻잎이 우러나는 유리 찻잔에 맺힌 물방울 같다. 엄마를 떠올리며 화장대 앞에서 코로 숨을 깊게 들이마시면 바람에 날리는 꽃향기 같은 것이 난다.

경대 앞에서

　아침에 눈을 뜨니 골초가 옆에서 자고 있었다. 침대에서 몸을 반쯤 일으키자 나전칠기 화장대 거울에 아직 낯선 원룸 내부가 한눈에 들어왔다. 나전칠기가 햇빛을 반사하면서 영롱한 파장을 만들었다. 그 파장은 홀로그램처럼 변하여 어릴 적 엄마가 화장대 앞에 앉아 화장하는 모습을 만들었다.

　골초는 누드모델처럼 봉긋한 가슴을 다 드러내고 있었다. 창으로 햇빛이 비쳐들면서 투명에 가까운 그녀의 핑크빛 가슴에 하늘거리는 그림자를 만들었다, 이불을 그녀의 어깨까지 끌어올려줬다. 화장대 거울에 붙여둔 사진 속 엄마가 나를 보고 웃었다. 오래된 엄마의 사진을 보면 꽃다운 소녀가 떠올랐다. 베개에 파묻힌 골초의 얼굴을 살펴봤다. 엄마가 젊었을 때 모습 같기도 하고 아닌 것 같기도 했다. 침대에서 일어나 화장실에 가는데 화장대 거울 틀에 끼워 놓았던 엄마의 사진이 툭 떨어졌다. 순간 울컥하며 눈물이 핑 돌았다. 엄마, 화내지 마. 지금이 내 인생에서 제일 행복한 순간이야. 그녀가 볼까봐 눈물을 꾹 참고 화장실에 들어갔다.

골초를 처음 만난 건 명동에서였다. 소공동 롯데백화점 주차장 가는 길, 안쪽으로 더 들어가면 웨스턴 조선호텔이다. 어느 겨울날 이곳을 지나다가 굴국밥집 간판을 보고 편의점 골목으로 들어갔다. 여름이면 작은 식당 사이에 자리 잡은 에어컨 실외기가 후끈한 열기를 뿜어내는 전형적인 구도심의 뒷골목이지만 유동 인구가 많았다. 모퉁이를 돌자 남해 굴국밥집이 보였다. 순간 식당 앞으로 걸어가기 힘들었다. 바닥에 무수히 많은 담배꽁초 때문이었다. 담배꽁초는 한쪽으로 몰려 있는 게 아니라 넓게 여기저기 흩어져 있었다. 큰길에서 굴국밥집으로 진입하는 골목에는 담배꽁초가 없었지만 그곳은 큰길에서 보이지 않는 빌딩의 틈이기 때문에 눈치 보지 않고 편하게 담배를 피울 수 있는 공간이 된 것이다. 바닥에 떨어진 담배꽁초의 양으로 봐서는 많은 직장인이 점심을 먹고 뒷골목으로 들어와 담배를 피우고 사무실로 들어간 듯했다.

골목 안쪽 계단에 앉아 담배 피우는 사람들을 관찰했다. 그들은 검지와 중지에 낀 담배를 엄지로 밑에서 톡톡 튕기고, 담배 연기를 깊게 빨아들이고 눈을 찌푸린 채 뿜어내면서 한결같이 스마트폰을 들여다보았다. 내가 바닥에 담배꽁초를 관찰하는 도중에도 몇몇 행인이 벽에 기대서서 스마트폰을 보며 담배를 맛있게 피우고 거리낌 없이 담배꽁초를 바닥에 버리고 사라졌다. 연속 두 개비를 피우고 사무실로 들어가는 사람도 있었다. 점심을 먹고 나서 퇴근할 때까지 필요한 니코틴을 보충하기 위해 한 개비가 아니라 식당의 입장에서는 자기 가게에서 밥을 먹고 나간 손님에게 대놓고 골목에서 담배를 피우지 말라고 할 수도 없는 노릇이다. 다음 날이면 다시 밥을 먹으러 올 손님이니까. 대신 흡연을 '삼가 주세요'라는 문구를 붙여 둔 것이 눈에 띄었다. 뒷골목에는 재떨이가 없었는데 설치하지 않은 것은 좋은 생각이었다. 재떨이가 있었다면 더 지저분해졌을 것이다. 담배를 피우고 나면 으레 침을 뱉기 마련이므로 재떨이에 시커먼 재와 침이 범벅되어 말라붙으면 청소하기 더 힘들어진다. 아마 식당에서 빗자루를 들고 나와 주기적으로 낙엽 치우듯이 청소하는 게 현명할 것이다.

한 사람이 뒷골목을 떠나고 새로운 사람이 나타나 담배 한 개비를 꺼냈다. 해가 넘어가는 뒷골목에 청회색빛 담배 연기가 어두워지는 차가운 공기 속에서 끊임없이 맴돌 때 건물 벽에 기대 쪼그리고 앉아 맛있게 담배를 피우는 아가씨를 발견했다. 어디서 많이 본 듯한 모습이었다.

어릴 적 엄마는 한적한 오후에 뒷마당에서 담배를 피웠다. 그땐 여자가 집안에서 담배를 피우는 것은 할머니 빼고 당연히 금기였다. 엄마의 흡연은 나만 아는 비밀이었다. 나는 뒷마당 장독대 계단에 쪼그리고 앉아 피우는 담배의 맛이 무척 궁금했었다. 그러나 세상 무엇보다 맛있어 보이던 담배는 맵고 썼다. 나는 몰래 엄마의 담배를 훔쳐 한 모금 빨고는 그대로 반나절을 쓰러져 있었다. 몰래 그 맛을 보고는 쓰러졌지만 피우는 모습은 세상 무엇보다 맛있어 보였다.

그녀는 하얀 주방장 옷을 입고 있었는데 공기 중으로 확산하는 연기를 멍하니 쳐다보는 모습에서 나이와 어울리지 않는 시름이 느껴졌다. 그녀가 볼이 홀쭉해질 정도로 담배 연기를 빨아들일 때 지지직거리는 소리가 났다. 그녀가 나를 있는 힘껏 빨아 당기는 것 같았다. 나는 용기를 내서 그녀에게 다가갔다.

"저, 담배 한 대만 빌려주시겠어요?"

그녀는 담배 연기를 깊게 빨아들이고 눈을 살짝 찌푸린 채 담배 한 개비를 건넸다.

"불도 좀."

그녀는 라이터를 건넸다. 나는 불을 붙여 한 모금 빨아들였다. 담배를 끊은 지 오래돼서인지 어렸을 때처럼 담배 연기가 맵고 썼다. 기침이 나오려는 것을 겨우 참고 일그러진 표정으로 말했다.

"이 근처에서 일하시나 봐요?"

그녀는 말없이 라이터를 챙기고 담배꽁초를 바닥에 비벼 끄고 사라졌다. 몇 년 만에 피운 담배였다. 담배 연기가 내 속에 들어와 대기를 맴도는 것처럼 퍼지자 어지럽고 메스꺼워서 한참 동안 벽을 짚고 서있었다. 나는 다음날 그 골목에 일찍 도착해서 진을 치고 있다가 그녀에게 담배 한 갑을 건넸다. 그녀는 픽 웃으며 담배를 받아 주머니에 넣었다. 그 후로 며칠 동안 똑같은 시간에 그녀를 만나러 간 덕에 약속을 잡았다. 그녀와 첫 저녁을 먹은 다음부터 그녀 생각만 해도 마음속에서 담배 연기가 피어올라 입안에 느껴졌다. 그녀의 담배 연기가 폐 속 깊숙이 빨려 들어가는 상상을 하면 몸이 달아올랐다. 그녀의 담배 연기는 갓 구운 쿠키처럼 고소하고 그녀의 체취에 섞인 니코틴은 향기롭다.

나전칠기로 만든 화장대에서는 언제나 엄마 냄새가 난다. 어머니의 냄새는 간장 조림 냄새지만 엄마의 냄새는 장미향 같은 분내음이다. 호칭에 따라 추억의 향수가 달라진다. 어머니는 따뜻한 밥상이고 엄마는 찻잎이 우러나는 유리 찻잔에 맺힌 물방울 같다. 엄마를 떠올리며 화장대 앞에서 코로 숨을 깊게 들이마시면 바람에 날리는 꽃향기 같은 것이 난다. 엄마는 아침저녁으로 화장대 앞에 쪼그리고 앉아 얼굴과 머리를 매만졌고 외출할 때는 옷을 다 차려 입고 화장대 앞에 서서 최종 점검하고 뒷마당으로 가서 담배 한 대를 피우고 집을 나섰다. 화장대 거울은 커서 안방이 거의 비쳐보였고 화장대의 전체 높이는 나보다 컸다. 옷을 다 차려입은 엄마는 거울 앞에서 이리저리 몸을 돌려가며 모양새를 확인했다. 부드럽게 물결치는 엄마의 치맛자락은 날아갈 듯 가벼웠다.

  중학교에 들어가기 전까지 혼자 집을 보는 시간이 많았다. 엄마는 정기적으로 중요한 행사가 있다고 했다. 예쁘게 차려입은 엄마를 따라가려고 졸랐지만 어른들만 갈 수 있는 행사라고 했다. 엄마는 예쁘게 화장을 하고 며칠 동안 가출하여 집안이 발칵 뒤집어 놓은 적도 있었다. 외출한 엄마를 기다리다 심심하면 화장대 앞에 앉아 서랍을 열고 고고학자처럼 사물 하나하나 꺼내서 관찰하곤 했다. 서랍엔 빨간 루주와 파운데이션 묻은 거즈 손수건이 있었다. 그때는 화장 솜이 없었는지 엄마는 거즈 손수건으로 화장품을 바르고 닦아냈다. 거즈 손수건을 들춰내면 머리핀부터 손톱깎이 등 자잘한 용품들이 가득했다. 서랍을 다 뒤져보고 난 후에는 분가루가 묻어 있는 손거울을 거즈 손수건으로 닦고 고개를 돌려 거울에 비친 내 뒷모습을 관찰했다. 당시 이발소에서 짧게 깎은 머리는 한 번도 마음에 든 적이 없었기 때문이었다. 화장대 밑에는 헤어드라이기가 있었다. 포마드를 바르고 한 손에는 헤어드라이기를 또 한 손에는 촘촘한 빗을 잡고 2:8 가르마를 연출하는 아버지를 흉내내 보았으나 이내 싫증이 났다. 그보다 나는 화장대 앞에 앉으면 엄마가 머리에 수건을 쓰고 얼굴에 콜드크림을 넓게 펴 바르는 모습이 신기하고 따라해 보고 싶었다. 당시 머슴애가 부엌을 기웃거리는 것도 금기시 여기던 시대였지만 용기를 내서 화장대 앞에 앉아 콜드크림 마사지 했다. 손가락으로 그림을 그리는 것 같았다. 나의 얼굴은 점점 멋있는 영화배우로 변했다. 화장대 놀이의 마무리는 세수를 하고 짙은 청색 유니폼을 입은 한국화장품 ㈜쥬단학 방문판매 아줌마가 엄마에게 주고 간 스킨과 로션 샘플을 바르는 것이었다. 아버지가 쓰는 로션의 냄새는 독하고 역했지만 ㈜쥬단학의 스킨과 로션 냄새는 감미로웠다. 그때 엄마의 화장품을 몰래 바르면서 마법에 걸려 여자로 변신하는 상상을 했다.

 화장대 맨 밑 서랍에는 잡동사니가 가득했다. 그 가득한 사물 중에 일제 필름 펜탁스 카메라 제품 설명서가 밑바닥에 깔려 있었고 사진기 조작 노출 설명 페이지에는 개울가에서 찍은 여자 모델의 누드 사진이 실려 있었다. 가끔씩 그 누드를 만나 인사를 나누는 설렘도 화장대 놀이의 백미였다.

 골초가 깰까 봐 화장대 앞에 앉아 조심스럽게 머리를 말렸다. 어제 아침까지만 해도 새치가 듬성듬성 비껴나오고 광대뼈가 도드라져 보일 정도로 말라붙은 사내가 거울 속에서 나를 빤히 쳐다보고 있었다. 눈은 퀭하고 가슴은 쪼그라들어 피부에 윤기라곤 없는 말라비틀어진 내 모습이었다. 그러나 오늘은 아니었다. 하루 사이에 십 년은 젊어진 것 같았다.

어젯밤에 벌어진 정사의 기억이 생생하다. 골초와 첫 정사를 위해 술을 아껴 마셨다. 술에 취해 발기가 되지 않을까 걱정되어서였다. 저녁을 먹고 바에서 술을 마시고 집에 오는 동안 정사를 잘 치를 수 있을지 걱정되었다. 어렵게 구해 주머니에 넣어둔 흰색 반투명의 구강붕해필름 발기촉진제를 언제 먹어야 할지도 문제였다. 설명서에는 성행위 한 시간 전에 투여하라고 되어 있었다. 그런데 사용할 필요가 없었다.

화장대 덕분이었다. 골초는 집에 들어와서 화장대를 보고 흥분하기 시작했다. 천장에 부착한 할로겐 스폿 조명을 받은 화장대 나전칠기가 에메랄드빛을 발산하는 순간이었다. 그녀는 나에게 바로 달려들었고 나는 포옹으로 그녀를 잠시 진정시켰다.

"아저씨, 취향 정말 독특하네. 우리 할머니가 쓰던 경대 같아."

화장대를 보고 좋아하는 그녀가 더 사랑스러웠다.

"할머니가 멋을 아는 분이네. 이건 우리 엄마가 쓰던 거야."

할로겐 스폿 조명은 분위기를 잡는 데 효과적이다. 평범한 공간을 극적으로 만들어 신성한 감흥을 불러일으킨다.

"요즘 세상에 특이한 취향이 없다면 살아가기 힘들지."

골초는 나에게 물어보지도 않고 담배를 피워 물더니 담배 연기를 천장으로 뿜었다. 그런 당돌함이 좋았다. 나는 용기를 내서 그녀를 다시 끌어당겼고 그녀는 내 팔에 안겨 키스했다. 담배 연기가 내 입으로 들어왔다. 알코올 냄새가 담배 연기와 뒤섞여 독특한 맛을 냈다. 싱그러운 과일의 맛이었다. 우리는 누가 먼저라 할 것 없이 순식간에 알몸이 되었다. 그녀는 나를 침대에 넘어뜨리고 한 손으로 내 물건을 쓰다듬었다. 생명의 기운이 내 물건에서 몸 전체로 퍼졌다. 내 물건이 단단해지자 몸속에 뜨거운 공기가 차오르는 듯했다. 그녀의 손가락에서 타들어가는 담뱃재가 알몸에 떨어질지도 모른다는 불안감 속에서도 내 물건이 단단해진다는 사실이 기뻤다.

"안 한 지 하도 오래돼서 걱정 많이 했어."

"아저씨, 아직 멀쩡한데. 내가 매력이 넘쳐서 그런가?"

"그러게, 넌 마법사 같아."

골초는 담배의 마지막 한 모금을 빨아들인 다음 마치 마법을 걸듯 내 물건에 담배 연기를 길게 내뿜고는 휴지를 한 장 뽑아 침을 뱉고 담배를 껐다. 나는 그녀의 깔끔한 뒤처리에 안심하고 전희에 몰입할 수 있었다. 고개를 들어 화장대 거울을 봤다. 날름거리는 혀로 내 몸을 빈틈없이 맛보는 그녀의 뒷모습을 감상했다. 정사를 이끄는 힘은 그녀에게 준 용돈이 아니라 화장대가 내뿜은 재생력을 상징하는 에메랄드빛이다. 나는 거울을 통해 그녀가 나를 애무하는 모습을 음미했다. 거울 속에서 꿈틀대는 몸뚱이는 내가 아닌 듯했다.

나전칠기 화장대는 엄마가 시집올 때 장만했던 것이니 환갑이 넘은 가구다. 지금은 애지중지하는 가구지만 내가 어렸을 때는 반짝거리는 나전칠기 특유의 화려함으로 장식된 화장대가 골동품 같아서 싫었다. 경제개발 5개년 계획이 한창이던 1970년대여서 그랬는지 전통가구보다 서양식 디자인 가구가 더 멋있어 보였다. 당시 시대에 뒤떨어져 보이고 촌스러웠던 나전칠기 화장대는 다섯 개의 서랍과 양옆에 여닫이 수납공간이 달린 좌식 가구다.

  화장대는 엄마 그 자체였다. 엄마가 화장대 앞에 앉아 웃는 사진도 지갑에 간직하고 있었다. 사진 속 화장대 거울에 사진기를 든 내 모습이 보이는 사진이다. 골방 구석 잡동사니에 둘러싸인 화장대는 폐위된 왕의 모습 같았다. 화장대의 구조는 조선시대 임금이 앉는 어좌처럼 생겼다. 가운데 거울은 등받이 같고 화장품을 놓는 계단 형태의 서랍장은 앉는 부분이고 양쪽 붙은 수납장은 팔걸이 같다.

  엄마가 돌아가시고 나전칠기 장롱은 자리를 많이 차지해 어쩔 수 없이 처분했다. 인터넷 기사를 보니 경주의 어느 카페는 나전칠기 장롱 문짝만 모아다가 실내장식을 했는데 나전칠기의 빛깔 때문에 분위기가 신비롭고 웅장하여 궁전을 연상시켰다. 그 카페는 지역 명소가 되었다. 나는 왜 그 생각을 못했을까. 장롱 문짝은 벽에 기대만 놓아도 훌륭한 예술작품인 것을. 다행히 화장대는 우리 집 골방에 보관하고 있었다. 몇 번 이사하면서 아내가 버리자고 했을 때 끝까지 지켰다. 엄마가 돌아가시고 나서부터의 결혼 생활은 화장대를 지키는 투쟁의 시간이라고 할 수 있다. 좁은 집구석에 구닥다리 화장대를 뭐 하러 두냐는 아내의 말도 맞는 말이었지만 화장대를 보면 나는 엄마가 떠올라 버릴 수 없었고 아내는 시어머니가 떠올라 싫어했다. 아내는 내가 화장대 앞에 앉아 면도를 하거나 삐져나온 코털을 자르는 꼴을 못 봤다.

남자도 취향에 따라 화장대가 놓인 방이 필요하다. 17세기 중반 영국 귀부인들은 침실 안쪽에 자신만의 화장방이 있었다고 한다. 지금으로 치자면 드레스 룸에 화장대가 있는 것이다. 화장방에서 남자를 맞이하기도 했는데 몸을 단장하는 과정을 몇 시간에 걸쳐 뽐내기 위해서였다. 나는 그동안 응접실이나 정원이 아니라 은밀한 공간, 깊은 사색에 빠질 수 있는 방이 필요했다.

화장대는 나를 따라 텅 빈 원룸에 제일 처음 들어온 가구였다. 원룸 한쪽 벽면을 거의 다 차지하는 화장대는 파스텔 톤 벽지와 어울리지 않았다. 일부러 책상과 장식장을 검은색으로 장만했는데도 조화롭지 않았다. 새로 산 가구의 얄팍한 검은색이 나전칠기의 오묘한 검은색의 격을 떨어뜨렸다. 차라리 밝은 색 가구로 화장대와 대비시켰어야 했다.

아내와 졸혼하고 나는 원룸으로 이사했다. 아내에게 나는 자궁 같은 존재였다. 자궁근종과 자궁내막증 때문에 수술을 한 적이 있는 아내는 자궁근종이 재발하자 재수술의 공포에 휩싸인 채로 병원을 오갔다. 의사는 폐경이 오면 근종이 줄어들 수도 있다고 했다. 나이가 있어 수술에 신중했던 것이다. 그때부터 아내는 자궁에 관해 많은 생각을 하고는 자신의 자궁은 남편 같은 존재라고 결론지었다.

"자궁이 당신처럼 나를 지배해 왔어."

아내가 말한 자궁의 의미를 파악하는 데 많은 시간을 투자했지만 실패했다. 나는 아내를 지배하려고 한 적도 없다. 내가 아내를 지배한 것이 아니라 아내 스스로 자궁에 지배당한 것 같다.

"자궁과 이별하고 싶다고!"

아내는 마침 자궁근종 상태가 더 나빠지자 복강경 수술을 취소하고 자궁 적출을 고려하기 시작했다. 나는 신중하게 생각해 보라고 했다. 썩은 사랑니조차 뽑지 않고 치료해서 금으로 씌우는 성격인 나로서는 신체의 장기를 제거하는 것이 아주 신중하게 판단할 문제였다. 그러나 아내는 단호했다.

"자궁은 딸을 낳는 훌륭한 일을 했지만 당신과 엮이게 만들었지."

나는 아내의 자궁 같은 존재가 되었다. 단순하게 생각하면 외동딸이 성인이 되었으니 자궁은 하등 필요 없는 존재였다.

"이놈의 애물단지 지긋지긋해!"

사실 따지고 보면 아내는 자궁근종이 재발한 지금 애물단지를 안고 폐경을 기다릴 필요가 없었다. 내가 이해하지 못했던 건 여자에게 있어 자궁의 의미였다. 아내는 지금까지의 사회가 여성을 임신과 출산의 도구로 이용하기 위해 모성애 신화를 만들어냈다고 주장했다. 아내의 날선 공격을 받고 그냥 멍해졌다. 여자에게 자궁은 기능을 떠나 자존감을 세워주는 중요한 장기가 아니었던가.

나는 그 문제에 대해 며칠간 곰곰이 생각했다. 이것은 아주 좋은 기회였다. 아내가 생각하는 자궁 같은 존재가 내가 맞는다면 자신의 몸에서 자궁을 적출하듯 나를 이 집에서 내보내면 되는 것이었다.

아주 간단하고 명쾌한 해결 방법이었다. 그런 생각이 들자 돌연 기분이 좋아졌다. 딸애는 대학을 졸업하고 비정규직이나마 취직을 하자 출퇴근 거리가 멀다면서 자취방을 구해달라고 했다. 그 말은 이제 독립을 하고 싶다는 말이었다. 딸과 아내를 위해 부동산 중개소를 돌아다니며 시세를 알아봤다. 지금 살고 있는 서울 변방의 32평 아파트와 수도권 끝자락에 위치한 24평 아파트의 차익으로 딸애의 전셋집을 충당하고 나면 나는 월세를 얻어야 하지만 그래도 좋았다. 조용한 주택가의 원룸을 알아보고 아내에게 계획을 말했다. 아내는 내 계획을 순순히 받아들였다.

 아내는 자궁을 적출하고 나를 집에서 내보냈다. 수술 후 회복하려면 일 년은 넘게 걸린다는데 아내는 아주 독한 여자였다. 그래도 내가 옆에 있으면 청소도 하고 설거지도 할 텐데 말이다. 그동안 쌓인 분노가 자궁 적출을 계기로 폭발한 것이다. 처음엔 아내가 요목조목 따진 나의 행동과 생각이 과연 분노를 유발시킬 만한 것인가 의문이 많았다. 사실 따지고 보면 골방에 처박혀 있던 화장대는 나 때문에 수난을 당한 것이다.

 24평 아파트는 온전히 아내를 위한 공간이 되었다. 집을 알아보고 이사를 하고 다시 방을 구해 나오는 동안 십 년은 늙은 것 같았다. 겨울이 끝나가는 계절이라 찬바람은 여전했고 피로는 쌓였다. 소변이 자주 마려웠다. 쌀쌀한 날씨에는 으레 그랬으므로 처음엔 그냥 넘겼으나 세 시간을 넘기기 힘들었고 밤에 자다 일어나 두 번은 소변을 봐야 했다. 아내의 집과 딸애의 집 그리고 내 집 이사를 끝내고 비뇨기과에 가서 생애 첫 전립선 검사를 했다. 의

사의 손가락이 항문을 뚫고 들어와 노화가 시작된 전립선을 깨웠다. 깊은 곳에서 보살펴 달라고 부어오르기 시작한 전립선이 소리 없는 비명을 질렀다. 의사의 손가락보다 바로 이어진 초음파 검사기의 차가운 봉이 더 아팠다. 의술 장비가 발달해도 아직 사람 손가락 감각 따라오려면 멀었나 보다. 언젠가 보았던 영화의 한 장면이 떠올랐다. 나는 그것을 보고 무척 거부감이 들었는데 어느 부족의 주술사가 마을 아가씨의 처녀성을 확인하기 위해 밑으로 손을 넣는 장면이다. 누가 돈을 주머니에 쑤셔 넣어주면 모를까 쑤심을 당한다는 것은 무척 괴로운 일이었다. 의사는 여러 가지 약물요법 중에 남성호르몬 전환 효소 억제제를 설명하면서 성욕감퇴와 발기부전의 부작용이 나타날 수 있다고 했다. 나는 그냥 전립선비대증에 따른 배뇨장애 치료제와 비뇨생식계 평활근 이완제를 처방받았다. 집에 와서 인터넷 검색으로 많은 공부를 했다. 심할 경우 전립선을 절제해야 할지도 모른다. 전립선을 수술로 절제하는 경우에도 역시 부작용은 발기부전이었다. 갑자기 전구를 갈아 끼운 것처럼 머릿속이 환해졌고 숨이 가빴다. 엄청난 재앙이 밀려오는 기분이었다.

조용히 한다고 했지만 부스럭거리는 소리에 잠이 깬 골초가 화장대를 바라봤다. 나와 눈이 마주친 골초가 웃었다.
"아침에 보니까 화장대가 더 예뻐."
"너 오늘 쉬면 안 되냐?"

"나 먹여 살릴 작정이야?"

내가 대답을 못하자 골초는 일어나서 샤워했다. 만약 그녀와 동거하면 행복할까. 화장대를 서로 사이좋게 쓰면서 서로 배려할 수 있을까. 그런 생각을 하며 아내의 말을 돌이켜보았다. 아내가 손가락질하며 말했다.

"당신은 아니라고 하지만 선을 긋고 좋은 소리만 들으려고 해."

"그러는 너는, 너도 똑같아."

"뭐가 똑같아?"

"나는 당신이 생각하는 그런 남자가 아니라고."

생각해 보면 이 화장대가 집에 없었을 때는 그렇게 언성을 높인 적이 없었다. 화장실에서 물줄기 소리가 그치고 잠시 후 헤어드라이기 소리가 났다. 나는 커피 두 잔을 내려 화장대에 올려놓고 종이컵에 물 적신 휴지를 넣은 재떨이도 마련했다. 푹신한 방석도 가져왔다. 그러자 화장대는 테이블로 변신했다. 나는 스마트폰을 검색해서 점찍어둔 경대를 찾아 그녀에게 보여줬다.

"이거 예쁘지 않아?"

앙증맞은 크기의 상자를 열고 접힌 거울을 45도로 세워 사용하는 조선시대 디자인이었다. 테이블 위에 올려놓고 잡초처럼 삐져나온 겉눈썹을 다듬을 때 아주 좋을 듯했다.

"뭐에 쓰려고?"

"그냥 예뻐서."

"난 집에 의자만 한 화장대가 있는데 거의 쓰지 않아."

그녀는 커피를 마시면서 화장대 서랍을 하나하나 열어 봤다. 서랍은 아직 텅 비어 있었다.

"실망인걸, 옛날 할머니 화장대 서랍엔 사탕이 가득했는데."

"내가 맛있는 거 잔뜩 사다 놓을 테니까 자주 와라."

"할머니가 나를 키웠거든. 할머니는 아침마다 화장대 앞에 앉아 분을 바르고 세어가는 흰 머리카락을 보면서 한숨을 쉬었어."

거울을 보는데 어떤 할머니가 뒤에서 나를 노려보는 듯했다. 가구도 오래되면 영물이 되는 모양이었다. 그녀는 깍지 낀 손을 머리 뒤로 올려 기지개를 켰다. 얇은 티셔츠 위로 비쳐 보이는 그녀의 유두가 도드라져 보였다. 그녀는 처음 만났을 때부터 브래지어를 하지 않아 민망했지만 이젠 아무렇지 않다. 그녀는 자기주장이 강한 딱 부러지는 성격이다. 브래지어는 자신이 원하는 편안함이 아니라면서 가슴이 늘어지거나 큰 경우가 아니면 브래지어는 필요없다고 했다.

"처음엔 유두가 옷에 바로 닿아 쓰라렸는데 지금은 적응이 돼서 괜찮아."

나는 손을 뻗어 볼륨 스위치 같은 유두를 슬쩍 잡아 보았다. 콩고물을 묻힌 인절미 끄트머리를 집은 느낌이었다. 그녀가 내 손을 쳐내고 담배 연기를 내 얼굴에 뿜었다.

"한 번 더 하려고? 하지 마, 또 세우려면 힘들어."

"어제 정신이 없어서 콘돔을 못 썼는데…."

"걱정하지 마, 아저씨 정자가 무슨 힘이 있겠어."

"그래도 혹시 모르잖아."

"난 생리하는 거 귀찮아서 루프 했어."

"넌 참 당차구나. 예전에 집사람은 자궁근종 수술 후 재발 방지를 위해 그거 하라고 했는데 하지 않았지."

"아저씨는 딸도 있다면서 왜 잘라서 묶지 않았어?"

"난 수술이라면 질색이거든. 어렸을 때 포경수술 받는데 살가죽 잘라내는 소리가 승겅승겅 지금도 잊히지가 않아."

"겁쟁이 같은 소리 하지 말고 용돈이나 줘."

"우리 나가서 밥 먹자."

골초는 바쁘다며 내 지갑에서 오만 원짜리 세 장을 뽑았다. 나는 두 장을 더 뽑아 줬다. 그녀는 서둘러 옷을 입고 현관문을 열었다. 나는 그녀의 카디건에 묻은 머리카락을 떼어주며 물었다.

"또 언제 만나 줄 거야?"

"아쉬우면 톡 할게."

골초를 보내고 나서 옷을 갈아입고 집을 나섰다. 동네 백반집을 찾았으나 계속 주택들만 이어졌다. 마포구 망원동 주택가 빌라에 사는 친구는 지인들을 초대해 집 밥을 먹는 파티를 연 적이 있다. 그때 친구의 초대를 받고 아내와 같이 갔다. 메뉴는 흰쌀밥에 어머니의 손맛이 느껴지는 나물 무침, 갈비찜, 김치찌개와 고향에서 가져온 장아찌 종류였다. 음식점을 했던 친구는 테이블 세팅을 양식처럼 하얀 면 테이블보를 깔고 물 잔, 와인잔 그리고 초와 꽃으로 장식했다. 긴 일정으로 나간 해외여행 중 찾아간 한식당처럼 반갑고 색다른 분위기였다. 아내는 저녁을 먹으며 연신 맛있다고 감탄하더니 식사 후 친구와 베란다에서 와인을 마시며 깔깔거렸다. 아내가 친구를 바라보는 눈빛이 예사롭지 않았다. 우리의 뇌는 편안하게 음식을 씹을 때 스트레스가 풀어지고 마음의 평안을 찾아 주는 옥시토신이라는 호르몬을 분비한다. 나중에 이 호르몬은 음식을 먹을 때뿐 아니라 사랑하는 사람이 무언가를 먹는 모습을 볼 때도 분비된다는 것을 알았다. 나는 주방에서 설거지를 하며 귀를 세웠다. 파리 유학 시절 이야기였다. 그때는 아내의 자궁이 온전했을 때였는데 자궁을 적출하고 나서도 내 친구와 다정한 모습을 본 적이 있다. 그날 아내는 나를 발견했을지도 모른다. 나는 아내가 사는 24평 아파트에 남은 내 짐을 가지러 갔다가 친구의 뒷모습을 목격했다. 자연인이 되어 내 친구를 만난 아내는 행복해 보였다. 나는 벨을 누르지 못하고 아파트 단지 놀이터에서 그 집 창을 하염없이 바라보다 돌아왔다.

　길을 건너자 고사리를 품은 불고기가 맛있는 식당, 연잎 쌈밥정식이 맛있는 식당, 날치알쌈이 맛있는 식당 앞을 서성거리다가 칼국숫집에 들어갔다. 깔끔한 사골육수에 부드러운 면과 겉절이 김치와 백김치가 조화로운 담백한 맛이었다. 내가 먼저 왔는데 나중에 온 손님에게 칼국수가 먼저 나가서 미안하다며 작은 공깃밥을 서비스로 줬다. 먼저 김치와 밥을 먹다가 칼국수를 먹었고 남은 국물에 밥을 말아 남김없이 먹었다.

　집에 오자 문 앞에 택배가 와 있었다. 전부 해초 성분이 들어간 화장품으로 바꾸기로 했다. 나 같은 피부엔 해초의 손길이 절실하다. 해초류의 성분은 피부의 독소를 제거해주고 세포를 빠르게 재생시켜 신진대사를 촉진한다.

　택배 종이 상자를 정리하고 화장대 위에 놓여 있던 비타민, 목

마사지 기구, 화장품을 전부 내려놓고 가구 광택제를 뿌렸다. 거울에 붙어 있다 떨어진 엄마 사진은 예쁜 액자를 사서 끼워야겠다. 부드러운 면직물 융으로 정성을 들여 닦았다. 화장대는 나에게 삶의 활력을 선물하고 있다. 매일 열심히 닦을 것이다. 애정을 바치는 일에서만 휴식할 수 있을 것 같다. 그동안 밥벌이를 위해 좋아하지 않은 일을 어쩔 수 없이 해 왔을 뿐 뭐 하나 잘하는 게 없다.

화장대를 닦고 나니 모서리가 닳아 나무색이 드러난 부위가 촉촉해졌고 날카롭게 도드라진 나전칠기의 미세한 틈으로 융의 실밥이 끼었다. 족집게로 실밥을 제거하자 화장대가 영롱한 빛을 발산했다. 그 신비로운 빛깔은 나전칠기 재료인 전복 껍데기의 발색만이 아니다. 칠하고 말리고 갈아내고 다시 칠한 장인의 혼을 머금은 옻칠에서 나온다. 퇴색하고 있는 옻칠은 볼 때마다 오묘한 빛깔로 나를 사로잡는다. 햇살을 받으면 깊이를 알 수 없는 칠흑 같은 검정이었다가 해가 지면 자줏빛으로 변신하지만 언제나 묵직하게 나전칠기의 문양을 선명하게 받쳐준다. 매일 화장대 앞에서 명상을 하기로 했다. 눈을 감고 마음속으로 여행을 떠나 이것저것 바라보니 사람 사는 거 뭐 별거 없는 것 같았다. 돌연 자신감이 생겨 골초에게 다음 주에 놀러오라고 카톡을 날렸다.

창을 활짝 열었다. 베개에 달라붙은 머리카락을 떼다가 이불을 들쳐보았다. 짧고 굵은 음모와 길고 얇은 음모가 숨어 있었다. 나는 옷을 벗고 침대에 누워 이불을 턱까지 끌어당기고 몸을 굼벵이처럼 움츠렸다. 잘 기억나지 않지만 그녀의 향기가 남아 있는 침대는 태아 시절 엄마의 뱃속처럼 아늑했다. 골초에게 보낸 카톡을 확인했는데 아직 답이 없다. 갑자기 몸살에 걸린 것처럼 오한이 왔다. 또 문자를 보내려다 참았다. 화장대의 힘을 믿어보기로 했다.

굽다리 요강

흙빛이 도는 요강은 항상 할머니를 지키고 있었다. 할머니는 어머니가 집에 없을 때 나를 불러 의지한 채 용변을 보기 위해 힘겹게 요강에 앉았다. 할머니는 내가 번쩍 들어 올릴 수 있을 정도로 가벼웠다. 할머니가 돌아가시면 제일 먼저 요강을 버려야겠다고 생각했다. 요강은 할머니와 함께 사라져야 하는 존재였다.

굽다리 요강

　트렁크를 챙겨 김포국제공항으로 갔다. 김해공항으로 가는 항공편 시간이 많이 남아서 공항을 산책했다. 국제선 터미널 탑승장으로 가는 길은 어두웠다. 센서로 작동하는 평지 에스컬레이터를 타기가 미안해서 그냥 걸었다. 코로나19 팬데믹 상황이라 2층 탑승장에는 승객이 한 명도 없었다. 다행히 천장 일부 조명과 이정표 그리고 기둥의 광고판에는 불이 들어와 있었다. 텅 빈 공항의 분위기는 하루의 업무를 끝내고 정리한 모습 같기도 하고 아침에 문을 열고 승객을 맞이하는 모습 같기도 했다. 3층 출국장으로 올라갔다. 보안검색대 입구 벽에 붙은 커다란 출국 사인이 주변을 환하게 밝히고 있었다. 아마 출국하는 항공기가 없어도 조명 일부는 밝혀 놓는 듯했다. 출국장 홀에는 거대한 백자가 놓여 있었다. 천장 조명을 받은 거대한 백자 항아리가 더 위엄 있어 보였다. 조선백자의 진수로 꼽히는 달항아리를 형상화한 폭 10m, 높이 10.4m 크기의 조형물 앞으로 다가갔다. 달항아리를 보자 어린 시절 할머니의 요강이 생각났다. 나는 죽어가는 할머니를 모른 척했고 할머니가 죽자 요강을 몰래 가져다 버렸다. 그 요강은 신라시대 굽다리 항아리 모조품이라서 백자가 아니라 흙빛이었다. 그런데도 이미지가 서로 연결되는 게 이상했다. 달항아리를 한참 바라보자 조명 때문에 거대한 백자의 절반이 엷은 흙빛으로 변했다. 백자 둘레를 반 바퀴 돌자 출국 보안검색대가 보였다. 비상구 같은 그곳 불빛만 유난히 밝아 황천길 가는 입구 같았다. 텅 빈 출국장을 천천히 돌아보고 국내선 터미널로 갔다.

국내선 터미널 셀프 체크인 기기 위에는 김포공항이 국제공항협의회 보건 인증을 획득했다는 내용과 해외입국자 국내선 이용 제한에 관해 설명이 쓰여 있었다. 위층으로 올라가자 항공기 출발을 알리는 전광판에 항공편들이 빼곡하게 올라와 있었다. 보안검색대를 지나는 승객들의 발걸음은 가벼웠다. 공항 청사 경사진 천장에서 내리쬐는 별빛 같은 조명이 대리석 바닥에 반사되어 공항 전체가 화려한 무대 같았다. 한 층 더 올라가 식당가에서 승객들을 내려다보다가 옥상 전망대로 나갔다. 활주로가 훤히 내려다보이는 그곳엔 철망 울타리가 높게 세워져 있어서 확 트인 공간임에도 갇혀 있는 느낌이었다.

젊었을 때부터 재미있는 일을 하며 돈은 적당히 벌고 싶었다. 이혼하고 다니던 공연기획사를 그만두었다. 사진기와 노트북을 들고 해외여행을 다니며 현지의 느낌이 생생한 글을 올리는 유랑 블로그를 시작하려 하자 유튜브 세상이 되었다. 유튜버되기 강좌를 무턱대고 수강하니 배워야 할 게 많아 포기했다. 그냥 블로그를 시작하고 2년 전에 다녀왔던 일본 여행기부터 시작했다. 그즈음 인터넷에 떠도는 행복한 노마드적인 삶은 다 거짓말이고 무언가를 연결해 팔려는 마케팅에 불과하다는 노마드인들의 고백이 불거져 나오기 시작했다. 공감하면서도 나는 잘 할 수 있을 거라는 자신감을 가졌으나 얼마 지나지 않아 코로나19에 의한 팬데믹 상황이 펼쳐지고 말았다. 꼼짝없이 집에서 방바닥과 천장에 세계지도를 그리고 내가 세상의 중심이 된 노마드적인 삶을 꿈꾸었다.

 철망 울타리 앞에 앉아 항공기가 이륙하는 장면을 허망하게 바라봤다. 공항 분위기를 느끼면서 해외여행을 상상하려 했는데 영 기분이 나지 않았다. 중년을 넘기면서 상상력이 점점 떨어졌다. 어렸을 때 황룡사지 사찰 터에 가면 흔적도 없이 사라진 무려 80m나 되는 9층 목탑의 웅장한 모습이 선명하게 그려지곤 했다. 이번에 다시 가볼 작정이다. 해가 지자 철망 너머로 붉은 노을이 퍼졌고 전망대 철망 울타리를 따라 이어진 조명이 켜졌다. 조금은 낭만적인 풍경으로 변한 전망대에서 내려와 김해공항으로 가는 항공기에 탑승했다. 언제부터인가 고향은 떠나고 싶은 곳에서 돌아가고 싶은 곳으로 변했다.

 늦잠을 자고 일어났다. 점점 말라 꼬부라지는 팔십 대 중반의 어머니가 음식을 만들고 있었다. 어머니가 순식간에 팍삭 늙은 것 같아 마음이 아팠다. 어머니는 명절 음식 만드는 습관이 작동하여 전을 부치고 나물을 무치고 쇠고기뭇국을 끓이고 고기를 구웠다. 싱크대에 온통 흩뿌려진 밀가루 천지였다. 어머니 뒤에 바짝 붙어 행주로 싱크대에 떨어진 밀가루를 닦고 간간이 설거지했다. 명절 음식 몇 가지 하는데 주방은 온통 난리였다. 어머니는 손에 힘이 없어 무거운 것을 들지 못한다. 손도 떨려 뒤집개도 불편한지 뜨거운 전을 손으로 뒤집었다. 보다 못한 내가 달려들었지만, 어머니는 뭐든 직접 해야 직성이 풀렸다. 명절 음식은 특히 손이 많이 간다.

점심 준비가 끝나고 어머니와 아버지, 나 이렇게 셋이 식탁에 앉았다. 우리 집은 어머니가 아파서 쓰러졌던 몇 년 전에 제사와 명절 모임을 없앴다. 어머니는 아쉬운지 명절마다 차례상에 올렸던 음식 한두 가지는 해 먹었다. 명절이 사라진 집에 명절은 죽지 않고 살아 있는 셈이다. 음식 재료를 냉장고에 미리 사두어서 그런지 다 퍽퍽하고 질겼다. 누나가 홈쇼핑에서 사서 보낸 엘에이 갈비마저 질겨 노부모는 먹지 못했다. 나는 만드는 과정이 제일 요란했던 명태전을 한입 베어 물며 말했다.

"이런 거 먹고 싶으면 시장에서 사다 먹으면 되잖아?"

"어서 먹어라."

어머니는 명태전 접시를 내 쪽으로 밀었다. 구십에 가까운 아버지는 소처럼 묵묵하게 되새김질하다 동태전 몇 점을 집어 자기 밥그릇에 놓았다. 내가 다 먹을까 봐 그랬는지 손을 뻗기가 귀찮아서 그랬는지 알 수 없었다. 순간 모든 걸 정리하고 집에 들어와야겠다는 생각이 달아나고 말았다.

명절 음식은 조금만 먹어도 헛배가 불렀다. 처가에 가면 먹지 않아도 헛배가 불렀다. 중년이 되어서 결혼을 했고 몇 년 살지 못하고 이혼했다. 주위 사람들은 왜 이혼했는지 궁금해했다. 내 입장을 합리화해서 사람들에게 설명했지만 그들의 궁금증을 해결해주지 못했다. 이혼은 마치 가랑비처럼 젖어 든 복합적인 요인이 어느 순간 발화하여 걷잡을 수 없이 타들어 가는 과정이었다. 지금 생각해 보면 가장 큰 원인은 물건을 버리려는 자와 모아 두려는 자의 갈등이었다. 계속 정리하고 버려야 속이 시원한 나와 웬만해선 바꾸지 않고 모아 두는 전처는 사사건건 부딪치며 영역 다툼을 일삼았다. 주거 공간이 작은 것도 원인 중 하나였다. 일상에서 개인은 5평 정도의 사적 공간이 절대적으로 필요하다. 그 절대 공간이 없으면 정신적인 휴식을 취할 수 없으므로 스트레스가 쌓인다. 오랫동안 혼자 살았던 습성에 절대 공간은 더욱 필요한 요소였다. 전처는 이것을 이해하지 못하고 내 공간을 함부로 침범하고 자기 물건을 쌓아 두었다. 나는 결국 결혼 생활을 통째로 버리기로 했다. 이혼하자 옷장을 정리한 기분이었다. 안 입을 옷을 가려내서 버릴 때 아깝지 않았다. 버리지 않으면 삶의 옷장이 안 입는 옷으로 빼곡하게 채워질 것 같았다.

 설거지하고 수납장을 열어보니 자잘한 반찬통이 가득 차 있었고 안쪽에 토기가 보였다. 신라시대 토기를 모방하여 만든 뚜껑이 있는 도자기였다. 약간 황톳빛에 짙은 녹색이 살짝 돌아 때가 잔뜩 낀 느낌이었다. 어릴 적 찬장에 자리를 차지하고 있었던 도자기였다. 반찬통을 들어내고 대접만 한 굽다리 항아리를 끄집어냈다. 뚜껑을 열어보았다. 우물처럼 깊었고 묵은 향기가 났다. 기억에 굽다리 항아리에 된장이, 고추장이 담겨 있었던 것 같았다. 이것보다 작은 굽다리 항아리도 있었는데 그것엔 꿀을 담았던 것 같다. 이런 굽다리 항아리가 여러 개 있었다. 그중 제일 큰 것은 밝은 흙빛이었다. 할머니는 그 굽다리 항아리를 요강으로 썼다. 나를 업어서 키웠던 할머니는 내가 초등학교에 들어가기 전 침침한 골방에서 오랜 시간 앓다가 돌아가셨다. 흙빛이 도는 요강은 항상 할머니를 지키고 있었다. 할머니는 어머니가 집에 없을 때 나를 불러 의지한 채 용변을 보기 위해 힘겹게 요강에 앉았다. 할머니는 내가 번쩍 들어 올릴 수 있을 정도로 가벼웠다. 할머니가 돌아가시면 제일 먼저 요강을 버려야겠다고 생각했다. 요강은 할머니와 함께 사라져야 하는 존재였다. 어머니가 아픈 할머니 때문에 힘들어할 때부터 그런 생각을 했다. 쪽 진 머리가 풀어진 할머니가 나를 힘없이 부르는 소리가 들렸다. 용변을 보기 위해 나를 부르는 다 죽어가는 목소리였다. 나는 냄새나는 그 방에 들어가기 싫어 가까이 있어도 못 들은 척하곤 했다. 그러면 할머니는 어김없이 누워서 볼일을 보고 말았다. 할머니는 외출했다 돌아온 어머니 앞에서 요강을 엎어버렸다. 어머니는 방바닥에 퍼질러진 똥오줌을 말없이 치웠다. 그게 싫어 할머니의 부름에 바로 달려가려 해도 몸이 말을 듣지 않았다. 구석진 할머니 방은 어두컴컴했고 마당의 햇빛은 눈부셨다. 마루에 혼자 있으면 삶과 죽음의 경계에 서 있는 기분이었다.

할머니가 돌아가시고 나서 벽장에 보관해 두었던 요강을 몰래 들고 나가 형상강 동대교 부근 천변에 버렸다. 산에 올라가 파묻을까도 생각했지만 서천에서 요강이 깨끗하게 씻긴 다음 멀리 흘러가길 바랐다. 서천은 항상 강물이 힘차게 흘렀기 때문에 요강 정도는 쉽게 떠내려갈 줄 알았다. 얼마 지나지 않아 아버지가 요강을 찾느라 집안이 발칵 뒤집혔다. 어머니가 할머니의 유품을 갖다버린 용의자가 되었을 때 나는 큰 범죄를 저지른 것 같아 무서웠다. 아버지는 어머니의 소행으로 단정 짓고 부부싸움 끝에 처음으로 어머니에게 손찌검했다. 왜 아버지가 요강 하나 때문에 그렇게 화를 냈는지 알 수 없었다. 세월이 흐르는 동안 뚜껑 있는 굽다리 항아리는 하나만 남았지만 거실 장식장엔 놓이지 못했다. 그것은 평생 열심히 일했지만 나이 들어 성격 때문에 가족들에게 대접을 못 받는 아버지 같았다. 굽다리 항아리를 수납장에 밀어 넣고 오래된 반찬통을 골라낸 다음 쓰레기 봉지에 담아 두었다.

어머니는 점심을 먹고 아파트 베란다에 앉아 손을 움츠린 채 먼 산을 바라봤다.

"오늘 같은 날엔 친구들과 금오봉에 올라 평평한 바위에 돗자리 깔고 도시락 까먹고 누워 실컷 수다 떨었지."

어머니는 한번 쓰러진 후로 지팡이 없이 밖을 못 나가기 때문에 등산은 추억일 뿐이다. 베란다로 가서 파란 하늘을 바라보는 어머니 뒤에 섰다. 어머닌 작년만 해도 말린 산나물 같긴 했지만, 물에 불리면 제 모양을 찾을 수 있을 것 같았다. 지금은 충격을 맞으면 으스러지거나 잘못하여 불똥이 튄다면 순식간에 허연 재가 될 것 같다. 구름도 푸른빛을 머금고 있었다. 창밖으로 남산이 보이지 않아 한참 찾았다. 남산은 아파트에 가려 겨우 한 뼘만큼만 보였다. 어머니는 그 봉우리만 보고서 추억을 떠올린 것이다. 어머니는 칠십 대 초반까지 친구들과 등산을 열심히 다녔다. 주로 통일전 쪽에서 계곡을 따라 금오봉으로 가는 등산로를 좋아했다.

"남산은 지겹도록 다녔는데 뭐가 아쉬워서 그래."

"금오봉에 오르면 확 트인 시야에 가슴이 시원해져."

아파트가 더 들어선다면 어머니의 집안 시야에서 남산은 완전히 사라질 것이다. 금오봉이 보이는 풍경이 사라진다면 산에 올라 편안하게 쉬었던 어머니의 추억도 가물가물해질 것이다.

아파트에 가린 남산을 보니 나도 답답했다. 아버지가 보는 티브이 뉴스 소리도 거슬렸다. 오래된 반찬통을 골라 담은 쓰레기 봉지와 음식물쓰레기를 갖다 버리고 와서 집 안을 둘러보았다. 다용도실 구석에 병풍이 보였다. 제사 때는 붓글씨만 있는 면을, 차례를 지낼 때는 자수로 민화 같은 그림을 그린 면을 펼치고 절을 했다. 그러고 보니 버릴 게 천지였다. 특히 접어서 세워 놓은 교자상 두 개가 제일 거슬렸다. 이제는 교자상을 펴야 할 정도로 사람들이 찾아올 일이 없을 것이다. 내 잡동사니를 모아놓은 상자가 있었다. 그 안에 몇 번 신지 않은 등산화가 있었다.

금오봉에 올라가려고 옷을 갈아입는데 어머니가 노란 공단 보자기로 싼 보따리를 들고 왔다.

"선물이야. 집에 갈 때 가져가라."

크기로 봐선 곶감이나 한과 선물 세트 같았다. 보따리는 십자 묶음으로 야물게 묶여 있었다. 빛바랜 보자기는 수없이 묶었다 풀어졌는지 세월의 때가 묻어 있었다. 보따리를 내 방 책상에 올려놓고 등산화를 꺼내 신고 남산에 올랐다.

통일전 옆 아기자기한 고택이 모여 있는 골목을 지나 계곡을 따라 올라갔다. 서둘러 금오봉에 올라서니 숲에 가려 경주 시내가 내려다보이지 않았다. 어머니의 기억력이 뚝 떨어진 것인지 아니면 나무들이 자라 시야를 가린 것인지 알 수 없었다. 내려오면서 발견한 국사

골 상사바위에서는 어릴 적 추억의 동네가 한눈에 내려다보였다. 매번 그냥 지나쳤던 지점의 풍광이 제일 좋았다. 나는 그동안 수많은 상사바위 같은 주요 지점을 놓치고 살아왔다. 상사바위 전망대에 올라섰다. 경주시가 한눈에 들어왔다. 경주는 다른 고장과 달리 풍광의 녹색이 다채롭고 특이하다. 생생한 기운이 느껴지는 청록이 은은하게 깔린 느낌이다. 바람 한 점 없었고 아스라한 햇볕이 논과 멀리 있는 고층 아파트단지를 내리쬐고 있었다. 하늘에서 떨어진 물이 동천을 물들였는지 하늘은 맑은 파랑이었고 동천은 짙은 파랑이었다. 하늘과 산이 한 몸처럼 녹아든 평화로운 풍경을 보니 서울집 근처의 백련산이 떠올랐다.

  운동화를 신고도 가볍게 오를 수 있는 백련산 정상에 이층 구조의 정자가 있다. 정자에 올라서면 동네가 한눈에 내려다보였다. 아파트와 건물들은 비 온 뒤 솟아난 버섯 같았다. 버섯 같은 아파트와 건물들이 혼란스럽게 들어차 있었다. 왼편 수색 쪽으로는 재개발이 한창이었다. 이 년만 지나면 그쪽도 하얀 버섯이 빼곡하게 들어설 것이다. 산에서 내려다본 아파트단지는 도심 속의 섬이었다. 아파트단지가 들어서면 넓은 대로가 펼쳐지지만 섬처럼 단절된 장소가 생겼다. 산자락의 맑은 냇물과 오래된 가게와 골목의 풍경을 집어삼킨 아파트단지를 바라보니 쓸쓸하다가도 아파트 시세가 오르면 즐거운 비명을 질렀다. 다행히도 경주는 함부로 개발되지 않을 것이지만 유적이나 문화재 보존 정책에는 불만이 많다. 과거 경주의 매력은 유적과 문화재가 일상과 어우러져 있었다는 점이다. 그러나 지금은 유적과 문화재가 삶과 동떨어져 전시장이나 관광지 동물원 느낌이 난다.

유적이나 문화재를 거창하게 복원하기만 하면 관광객이 몰려올 거라는 단순 발상이 유적이 많은 시내를 완전히 비워버리자는 정책으로까지 이어질 뻔했다. 어린 시절 집 근처 봉황대에 매일 친구들과 올라 놀았던 것처럼 문화재가 골목 일상에서 더불어 존재할 때가 좋았다.

체력이 예전 같지 않았다. 힘이 들어 완만한 길을 찾아 포석정 쪽으로 돌아내려 왔다. 택시를 타고 집에 돌아와 보따리를 바라봤다. 기대한 것은 현금 뭉치였다. 어머니는 나에게 비상금을 마련해 주려고 장롱에 감춰둔 상자에 오만 원짜리 현금을 모으고 있다는 말을 한 적이 있었다. 어머닌 내가 공연기획회사를 그만두고 프리랜서 기획자로 일하기 때문에 고정 수입이 없는 현실이 불안했던지 안부 인사는 항상 똑같았다.
"요즘 밥은 제대로 먹고사냐?"
"밥은 먹고 살아."
최근 주력해오던 인형극 관련 프로젝트가 거의 진행되지 않아 통장 잔고가 거의 바닥이었다.
보따리 매듭을 풀려는데 야물게 묶여 있어 손가락에 힘이 들어가지 않았다. 마디가 굵어지고 손끝이 뭉툭해진 어머니의 힘 못 쓰는 손은 매듭을 잘 풀었는데 나는 도저히 되지 않아 매듭의 한 가닥을 볼펜으로 찔러 잡아 뽑았다. 매듭을 풀자 버터 쿠키 양철통 두 개가 찬합처럼 쌓여있었다. 빛바랜 보자기를 걷어 차곡차곡 접는데 문득 어머니가 미리 주변 정리를 시작한 것 같아 마음이 스산해졌다. 어릴 적, 보기만 해도 군침이 돌았던 쿠키 양철통 뚜껑을 열었다. 그 안에는 어머니와 함께 만든 종이 인형들이 가득 들어 있었다.

 작년 겨울이었다. 창천동 다세대주택 옥탑방을 개조한 신촌극장에서 인형극을 봤다. 신촌 기차역과 가까워 기차 지나가는 소리가 극중 배경 음악처럼 자연스러웠다. 관객 중에 중년의 아저씨는 없었다. 연인들과 여자끼리 온 관객이 대부분이었다. 괜히 사람들의 시선을 의식하면서 마치 관객이 아닌 척 극장 입구에서 멀리 떨어져 있었다. 공연 10분 전 직원을 따라 다세대주택 옥상으로 올라갔다. 인형극 포스터를 봤을 때 인형극에 대한 호기심에 더해 어떤 끌림이 나를 움직이고 있다는 것을 느꼈다. 포스터에는 줄로 인형을 조종하는 게 아니라 인형과 인형을 조종하는 배우가 같이 무대에 올라 인형과 역할 분담을 하며 이야기를 끌고 가는 옴니버스 단편 인형극이라고 소개되어 있었다.

 극장에는 작은 테이블 무대가 있었고 객석은 따로 없었다. 관객들은 무대를 중심으로 둥글게 서서 관람했다. 배우가 직접 손으로 나무를 깎아 만든 인형 머리에 손잡이가 있어 배우는 그곳을 잡고 인형과 한 몸이 되어 연기했다. 인형과 배우가 같이 춤을 추듯 호흡을 맞추지만 조명이 인형만 비추기 때문에 인형을 조종하는 배우는 잘 드러나지 않았다. 인형은 주술에 걸린 사람처럼 연기했다. 꼭 내 모습을 보는 듯했다. 인형극처럼 나를 조종하는 보이지 않는 줄이 있다. 어렸을 때는 오이디푸스 콤플렉스였는데 지금은 무엇인지 도통 모르겠다.

　인형극 이야기는 소녀가 불이 나간 방에서 전구를 갈기 위해 힘겹게 일어나지만, 손이 닿질 않자 의자를 타고 올라가 불을 환하게 밝히고 힘이 빠져 죽는 이야기였다. 한순간을 위해 인생을 바싹 태우고 가는 여정 같았다. 나는 어렸을 때 혼자 인형극을 하며 몽상에 빠져 판타지의 세계로 넘어가곤 했다. 인형극이 나를 돌아보게 했다. 중년이 넘도록 불을 제대로 지펴 활활 타오른 적이 없었다. 어려서는 판타지를 꿈꾸며 몽상만 했지, 공부를 열심히 하지 않았다.

　어머니가 선물한 첫 번째 양철통에는 마분지에 그린 그림을 가위로 오린 다음 쪼개지 않은 나무젓가락에 붙인 종이 인형들이었다. 인형이라고 말할 수 있는 것은 앞뒤 다른 모습을 그려 붙여 입체적이기 때문이다. 호랑이, 사자, 악어, 원숭이……. 동화에 등장하는 동물들은 어머니와 함께했던 인형극의 배우이자 학습 교재였다. 수채물감, 사인펜, 색연필로 어머니의 그림을 따라 그리며 동물의 이름과 특성을 배웠다. 굵은 소금을 가득 채운 나무되가 인형극의 무대였다. 종이 인형 배우들은 소금 항아리에 팻말처럼 꽂혀 동화를 재현했고 가끔은 대본 없는 즉흥 연기를 펼치기도 했다.

　두 번째 양철통에 든 종이 인형들은 과일, 채소, 잡다한 사물을 표현한 그림이었다. 그 그림 사이에 접혀 있던 종이를 펼치자 어렸을 때 살았던 집이 나타났다. 내가 크레파스로 바탕을 칠하고 색연필로 묘사한 슬래브 양옥집에는 꽃이 만발했다. 작약, 라일락, 개나리, 철

쭉 봄의 향기가 가득했고 딸기도 잘 자랐다. 먼저 마당 잔디밭을 거닐다 뒤뜰 수돗가로 갔다. 어머니는 여기서 빨래했고, 채소를 다듬고 김장배추를 절였다. 수돗가 옆으로 연탄아궁이가 있었다. 밤이 되어 이불을 깔고 누우면 어머니는 밖으로 나가 연탄을 갈았다. 아궁이 안의 아래 연탄을 꺼내고 위에 있던 연탄을 아래에 넣고 새 연탄을 위에 올리고 구멍을 맞췄다. 시커먼 것이 들어가 허연 재가 되어 나오는 아궁이는 화장터의 가마를 연상시켰다. 화장터에는 딱 한 번 가보았다. 30년이 넘은 할머니 산소를 관리하기 힘들어 폐묘했다. 곤히 자는 사람의 이불을 걷어내듯 봉분을 걷어내자 할머니가 잠에서 깨어나 나를 불렀다. 나는 온몸에 소름이 돋았다. 잠시 후 정신을 차리자 할머니는 거의 흙으로 변해 있었다. 형태가 남은 유골을 수습해 화장했다. 가마에서 나온 유골을 빻아 한지에 싼 유해를 가슴에 안았다. 겨울날 안방 아랫목에 배를 깔고 엎드렸을 때처럼 뜨거웠다.

  연탄아궁이가 기름보일러로 바뀌면서 연탄이 가득 찼던 광은 잡동사니가 가득한 창고가 되었다. 귀신이 나올 것 같은 지하실이 있었지만, 그곳엔 물건을 보관할 수 없었다. 방수가 제대로 되지 않아 장마 때는 물이 무릎까지 들어찼다. 여름에는 펌프로 수시로 물을 빼야 했다. 연탄 광 위는 장독대였다. 그곳에는 옥상으로 올라가는 철제 계단이 있었다. 빨랫줄이 가로지르는 옥상 물탱크 옆 그늘엔 이끼와 잡초가 자랐고 좁은 골목에서 노는 아이들의 떠드는 소리는 해가 져야 들리지 않았다. 옥상에서 내려와 집 안으로 들어갔다. 베니어합판으로 마감한 거실 벽과 액자 틀 같은 천장의 몰딩이 공간을 나누며 이어졌다. 겨울에는 거실 한가운데 연탄난로를 놓았다. 창문으로 뺀 연통에는 빨래를 말렸고 밖에 나갔다 들어와서 꽁꽁 언 손을 연통을 만지며 녹였다. 연탄난로에는 항상 큰 주전자로 물을 끓였다. 뜨거운 물이 나오지 않았기에 물을 끓여 세수하고 머리를 감았다. 안방에 들어서면 시커메진 아랫목 장판이 거장의 추상화 같았다. 가족들은 티브이 앞에 모여 앉아 주말의 명화를 보고 있었다. 주말의 명화가 끝나면 각자 자기 방으로 갔지만 나는 내 방이 없었다. 겉으로 보기에는 잔디밭과 화초가 잘 자라는 마당이 자랑거리였지만 집이 작았다. 형과 같이 방을 써야 했기에 잦은 다툼이 있었고 공부든 놀이든 잘 집중할 수 없었다. 작은 집은 단열이 부실하여 겨울엔 춥고 여름엔 더웠고 집 수리는 끝없이 이어졌다. 쪼그려 싸는 변기가 앉아 싸는 양변기로 바뀌었다. 그물 같은 창살을 걷어내고 나무 창틀이 알루미늄 새시로 바뀌었다. 하지만 좁은 주거 공간은 넓힐 수 없었다. 큰누나가 결혼하고 작은누나는 자기 방이 생겼다. 대학을 졸업하자 작은누나가 결혼했고 드디어 형과 나는 각자의 방이 생겼다.

  어머니가 자질구레한 그림을 버리지 않은 이유가 궁금해졌다. 다시 종이 인형들을 하나하나 살펴보면서 정리하려고 두 번째 양철통을 책상에 뒤집었다. 맨 밑에 깔려 있던 그림은 할머니의 모습이었다. 머리를 풀어 헤친 귀신 같은 할머니가 이부자리에 시체처럼 누워 있는 모습이 떠올랐다. 그림을 자세히 보니 수없이 많은 바늘구멍이 나 있었다. 무거운 것이 온몸을 짓누르는 것 같아서 숨이 막혔다. 나는 밤마다 주문을 외우며 굵은 바늘로 할머니를 그린 그림을 찔러대곤 했다.

 다음 날 일부러 시간을 내서 추억의 동네를 둘러보았다. 어린 시절 슬래브 양옥집을 찾아갔다. 추억의 집으로 가는 길을 찾아 들어갈 때만 해도 그 집은 마치 오래 기다리고 있었다는 듯이 나를 반기며 옛날이야기를 들려줄 줄 알았다. 그러나 그곳엔 아파트단지가 들어서 있었다. 아파트단지 입구가 어린 시절의 슬래브 양옥집 터로 추측되었다. 아파트 건물들은 비 온 뒤 순식간에 솟아난 버섯의 형상이었다. 오묘하고 야릇한 기운을 발산하지만, 독을 품고 있어 함부로 만져서는 안 되는 존재 같은 그런 느낌이었다. 들어선 지 얼마 되지 않아 보이는 아파트단지는 개방형이라 낮은 담장도 없었다. 외줄기 길을 따라 그 영역에 들어갔다. 화단에 벤치가 더러 있었으나 앉아보지 못하고 그곳을 빠져나왔다. 단지 안의 사람들이 나를 경계하는 듯해서였다. 그저 아파트단지 둘레를 한 바퀴 돌다 보니 망망대해에 우뚝 솟은 작은 섬 같았다. 달려 나가지 못하고 안에서만 돌아야 하는 섬이었다. 어릴 적 추억의 집과 함께 골목길이 사라졌다는 충격은 답답함으로 이어졌다. 섬의 영역에서 벗어나 시간의 켜가 쌓인 골목길을 찾아 떠났다.
 요강을 버렸던 형산강 천변으로 갔다. 시원스럽게 이어진 조깅 트랙과 자전거도로를 넘어가자 억센 수풀이 무성했다. 그땐 수풀 사이로 쓰레기가 가득했다. 사람들은 못 쓰는 작은 가구를 천변에 내다 버리기도 했다. 개천가를 지날 때마다 수풀 사이로 할머니의 요강이 보였다. 요강은 일부러 흘러가지 않으려고 입에 흙을 잔뜩 집어 먹은 듯했다. 요강은 장마 때 급물살도 거뜬히 버텼다. 요강은 알고 있었다. 형과 누나들은 학교에 가고 어머니도 집에 없을 때 나는 할머니를 보살피지 않았다. 죽어가는 할머니의 냄새가 싫어 골방 가까이 가지 않았다. 목이 마른 할머니가 물을 달라고 나를 불러도 나는 못 들은 척했다. 개흙에 단단히 박혀 떠내려가지 않은 요강이 보일 때마다 시체를 유기한 살인자처럼 불안했다. 어느 해인가 장맛비에 요강이 사라지자 죄책감이 사라졌다.

집이 편한지 이튿날도 늦잠을 자고 일어났다. 어머니는 창문도 열지 않고 나물을 볶고 있었다. 거실에 기름 타는 냄새가 심했다. 오늘도 여전히 싱크대에 온통 흩뿌려진 밀가루 천지였다. 어머니는 내가 나타나자 부쳐놓은 전을 건넸다.

"명태전 맛 좀 봐라."

"또 명태전이야?"

한입에 넣기에 커서 반을 잘라 입에 넣었다. 방금 부쳤는지 따뜻했다. 맛을 보니 동태가 아니라 대구였다. 순간 어머니가 동태와 대구를 구분 못하게 된 건 아닐까 걱정이 앞섰다.

"맛있네! 그런데 나물을 많이 볶았네?"

"너 싸주려고."

"나물은 금방 상하는데."

"이런 건 팔지도 않아. 햇반 데워서 비빔밥 해 먹어."

"알았어, 조금만 싸줘."

어머니의 얼굴이 마른 고사리를 물에 불린 것처럼 생기가 돌았다.

점심을 먹고 싱크대 수납장 안에 있던 굽다리 항아리를 꺼냈다. 그것을 수세미로 깨끗하게 닦고 베란다 햇볕에 놓았다. 밝은 데서 보니 온통 미세한 금이 거미줄처럼 나서 유물 같았다.

"그건 뭐에 쓸려고?"

"나중에 엄마 화장하면 유골 담아 놓으려고."

뉴스를 보던 아버지는 벌떡 일어나 굽다리 항아리를 관찰했다. 어머니는 허탈한 표정을 지었다. 나는 웃으면서 말했다.

"그게 아니라. 이거 알아보니까 골동품이었어. 팔아먹으려고."

"너 요즘 힘들지?"

"사는 게 다 그렇지 뭐."

아버지가 티브이를 끄고 말했다.

"예전에 당신이 갖다버린 요강 말이야. 그거 유물이었어."

어머니가 굽다리 항아리를 만져보고 나서 말했다.

"네 아버진 요즘 정신이 오락가락하신다."

아버지가 혀를 끌끌 차며 말했다.

"나 어렸을 때, 집 지을 때 나온 보물이라니까."

"보물을 요강으로 썼단 말이어요?"

어머니는 나를 보고 웃었다. 나는 아버지를 보고 웃었다. 어린 시절 내가 느낀 할머니는 어머니를 괴롭히는 마녀였다. 할머니는 등이 굽어지라 나를 업어서 키웠는데 내게 왜 그런 감정이 생겼을까.

할머니 묘소를 30년간 보살폈다는 명목으로 폐묘하기로 결정했을 때 속으로 시원했다. 매년 벌초하러 다닐 필요가 없어졌기 때문이었다. 폐묘한 유해를 수습해서 화장했다. 화장터의 가마에서 나온 할머니의 뜨거운 유해를 가슴에 안고 화장장 뒤편 안식처로 갈 때 할머니에게 못되게 굴었던 기억이 떠올랐지만 애써 지웠다. 아버지는 유해를 안식처에 뿌리면서 흐느꼈다. 아버지를 보니 어머니와 아들이 나이 들어 할머니와 아버지가 되는 순환의 고리가 끊겨 홀가분하다.

보자기로 굽다리 항아리를 쌌다. 아버지의 말이 사실이라면 할머니 요강은 부르는 것이 값일 것이다. 어머니가 싸 놓은 반찬을 트렁크에 챙겨 넣고 현관으로 나가는데 어머니가 따라와 흰 봉투를 건넸다.

"뭐야?"

"명절이잖아."

어머니는 연금을 몇 달 동안 쓰지 않고 모았는지 흰 봉투는 반으로 접히지 않았다. 뜨거운 것이 울컥 복받쳐 올라왔다.

"용돈은 내가 줘가 하는데……."

"힘들어도 밥은 거르지 마라."

"뭐라고?"

어머니는 넋을 잃고 굽다리 항아리를 쳐다봤다.

"필요 없어!"

어머니와 나는 흰 봉투를 받지 않으려고 서로 떠밀며 실랑이했다. 나는 봉투를 바닥에 던졌다. 아버지가 바닥에 떨어진 봉투를 주웠다. 어머니는 봉투를 빼앗아 내가 신발을 신는 동안 봉투를 내 손에 쥐여줬다. 내 손을 잡은 어머니는 가벼워서 잘못 밀었다간 넘어질 것 같았다. 얼마나 가벼워졌는지 어머니를 안아 보고 싶었는데 몸이 움직이지 않았다. 나는 봉투를 쥐고 집을 나왔다. 어머니가 문을 빼꼼 열고 승강기를 기다리는 나를 향해 물기 어린 손을 연신 흔들었다.

생선 썩은내가 나지 않는 항구

민의 고개가 돌아갔다. 다시 주먹을 날리고 배를 때렸다. 나는 민과 함께 꼬꾸라졌다. 순간 나는 정신을 차렸다. 이불이 되어 민을 감쌌다. 패거리가 나를 짓밟는 동안 민의 피와 내 피가 바닥을 물들였다.

생선 썩은내가 나지 않는 항구

　이십 년 만에 민을 만났다. 민은 서울역 대합실에서 새침한 표정으로 인사도 없이 김밥을 건넸다. 나는 멋쩍은 미소를 감추고 따뜻한 커피를 사서 민에게 건넸다. 그동안 페이스북을 통해 소식은 알고 있었지만 딴 사람 같았다. 우리는 김밥을 들고 승강장으로 내려가서야 여자들처럼 패션에 관한 인사를 주고받았다. 민은 내 하늘색 셔츠와 같은 색상인 터키석 팔찌에 관심을 보였고 나는 민의 빨간 비옷을 쓰다듬으며 우산을 대신한 간편함을 높이 샀다.
　목포행 ktx가 20분이 넘게 지연되고 있었다. 민과 함께 서울역 승강장에서 김밥을 먹으며 철로에 떨어지는 비를 바라봤다. 철로의 깬 자갈이 빗물을 빨아들이고 있었다. 깬 자갈은 잡초가 자라지 못하게 하고 달리는 열차의 충격을 흡수하고 침목을 단단히 고정해준다. 깬 자갈과 나를 비교해 보았다. 나는 철로의 깬 자갈보다 못한 인생을 살아왔다. 불혹을 맞을 동안 어느 한 가지 내세울 게 없다. 남은 인생도 뾰족한 수가 없을 것 같아서 한숨이 절로 나왔다. 나는 하염없이 내리는 비를 바라보며 말했다.
　"태풍이 올지 모른다고 했어."
　"왔으면 좋겠다. 다 뒤집어져버리게."

"맞아, 세상은 주기적으로 뒤집어져야 해."

민이 자신의 동네에서 사 온 김밥은 눅눅했다. 밥알이 입안에서 겉돌았다. 그동안의 우리 사이 같았다. 우린 가까이 살면서도 계속 겉돌았다. 김밥을 다 먹고 일회용 컵과 알루미늄포일을 버릴 쓰레기통을 찾았지만 없었다. 나는 알루미늄포일을 작게 뭉친 다음 철로를 바라봤다. 깬 돌 사이에 박힌 작은 쓰레기들이 보였다. 알루미늄포일을 던져버릴까 하는데 민이 다가와 김밥을 담아왔던 검정비닐 봉투를 벌렸다. 민은 그렇게 남을 위해 사소한 것을 챙기고 뒤처리를 마다하지 않았다. 착하기만 하고 모질지 못했다. 그래서 그런지 중학교부터 같은 반 아이들에게 멸시를 당했다. 사회에 나가서는 고정관념과 언어폭력에 좌절하여 우울증에 시달리다 자살을 시도했으나 실패했다. 하늘은 민을 되돌려 보냈다.

민은 나이가 들면서 자신이 선택한 정신적 여성성은 굳건해졌지만 여성스러운 외모는 많이 희석되었다. 고등학교 때 나를 사로잡았던 여릿한 목소리와 곱상한 얼굴은 사라지고 없었다. 스트레스 때문에 밀었다는 까까머리엔 보름달 같은 원형 탈모가 자리 잡았고 목소리는 걸걸해졌다. 민은 최근 국립현대미술 서울관 공연에 관한 스트레스 때문이라고 했다. 그 공연은 국립현대미술 서울관 최초로 퀴어 타이틀을 걸고 드래그, 젠더 수행성에 관해 다양한 춤사위로 질문을 던지는 쇼였다. 민은 자신의 페이스북에 공연 후기를 올렸다. 공연 전에 신체 노출 수위를 검열당하는 바람에 쇼의 안무가 뒤죽박죽되어 모든 것이 의미 없는 행위가 되었다고 했다. 나는 민의 글을 보고 응원 메시지를 보냈고 민은 나의 등장을 반가워했다.

며칠 전 민에게 인사말로 고향 방문을 제안했는데 자신도 가고 싶다고 했다. 코로나 때문에 출연하기로 한 공연이 거의 취소되어 많이 답답하다고 했다. 나는 요즘 뭔가 목구멍까지 차올라 답답했다. 고향에 가서 바다를 보면 그동안 차오른 것이 툭 하고 터지면서 에너지가 발산될 것 같았다. 고향은 차오르면 터지고 다시 차오르는 순환이 원활하게 이뤄지는 곳이었다.

기차가 만취한 취객처럼 거침없이 빗물을 털어대며 승강장에 들어왔다. 민이 예약한 ktx 좌석은 서로 떨어져 있었다. 그간의 공백이 서먹하여 민이 일부러 좌석을 따로 예약했을 수도 있겠다 싶었다. 우리는 연인이 될 뻔했으나 폭력 사건에 휘말려 서먹해졌고 그런 채로 졸업을 했고 각자의 인생을 살았다.

기차는 빗물이 흥건한 철로를 질주했다. 잠시 후 화장실에 가려고 좌석에서 일어나 민이 있는 출입구 쪽으로 갔다. 민은 통로 쪽 좌석에 앉아 창가를 향해 다리를 쭉 뻗고 눈을 감고 있었다. 무용으로 단련된 공룡 같은 맨발이 꼿꼿하게 나를 쳐다보는 것 같았다. 화장실 차창 밖으로 초록의 들판이 펼쳐졌다. 장대비의 방문에 만물이 고개를 쳐들고 있었다. 나는 앉아서 싸라는 픽토그램을 무시하고 서서 변기를 겨냥했다. 열차가 흔들렸다. 최근 발기가 잘 안 되는 풀죽은 성기가 풍랑을 만난 것처럼 흔들렸다. 민과 연락이 되고 나서부터 심인성 발기부전이 심해졌다. 오줌이 내 신발에 튀었다.

자리로 돌아와 눈을 감았다. 민은 왜 모교부터 먼저 가지고 했을까? 학창 시절의 추억을 되짚어봤다. 그날도 비가 내렸던 것 같다. 밤새 소나기가 퍼부었다. 학교 뒷산에서 먹이를 찾아 절벽을 타고 오르던 흑염소가 비를 피할 동굴을 찾았고 개구리들이 미끈거리는 울음주머니를 비벼댈 때 민은 피를 흘렸다. 선배 패거리들이 민을 짓밟을 때 나는 무릎을 꿇고 그 광경을 그저 바라볼 수밖에 없었다. 빗방울에 민의 코피가 섞여 붉게 변했다. 나는 패거리에게 맞고 나서 빗물에 눈물을 감출 수 있었다. 담벼락 기둥에 달려있던 희미한 가로등 불빛에 피가 보였다. 빗물에 번진 민의 피는 무서웠다. 우리는 잘못한 것도 없는데 심판받는 것처럼 패거리 앞에서 조아렸다. 패거리에 발길질에 고꾸라져 일어나지 못하는 민을 내가 이불처럼 감쌌다. 패거리 중 누군가 우린 비 오는 날 먼지 나도록 맞아야 한다고 했다. 내가 지르는 비명을 딴 사람의 것처럼 듣다 의식을 잃었다.

기차가 목포역에 도착했다. 여전히 비는 내렸다. 나는 멸치 우린 따뜻한 국수가 간절했는데 민은 급하게 뛰어다니며 택시를 잡았다. 택시를 타고 신시가지를 넘어갔다. 목포는 시원하게 뚫려 있었다. 어렸을 때는 작은 항구 도시가 답답해서 서울로 나가는 것이 목표였다. 목표는 달성했으나 독창적인 작품 세계를 이룬 미술가가 되겠다는 꿈은 이루지 못했다. 반면 민은 독특한 춤사위를 펼치는 현대무용가로 꿈을 이루었다.

민과 나는 무안군에 있지만 목포라고 우겼던 전남예술고등학교를 졸업했다. 나는 미술과였고 민은 무용과였다. 우리는 방과후 발레 수업에서 처음 만났다. 선생님은 특별활동반 학생들에게 기본 동작을 가르치기 전에 무용과 학생들의 춤사위를 시범으로 보여줬다. 여학생들은 민의 주변에 서지 않으려고 했다. 왜 그러는지 춤을 보고 알 수 있었다. 민은 피어나는 꽃이었다. 꽃이 피는 장면을 찍은 필름을 고속으로 계속 되감아 보는 것 같았다. 민은 허공에서 내려오지 않고 계속 날아올랐다. 나는 그날 이후로 무용과 실기실 복도를 서성거렸다. 멀리서 민을 쳐다만 봐도 좋았다. 어느 날 민이 먼저 말을 건넸다. 몰래 숨어서 보지 말고 가까이 오라고.

 나는 내세울 것이 없어 졸업생이 아닌 척했지만 민은 4층 무용과 실기실로 선생님을 찾아갔다. 민의 출현에 쉬는 시간을 맞이한 저학년 백조들이 바닥에 앉아 재잘거리며 몸을 풀었다. 몇 명 되지 않았고 남학생은 한 명도 없었다. 당시 민이 얼마나 귀한 존재였는지 알 수 있었다. 민은 무용과 여학생들에겐 시기를 받았지만 다른 학과 여학생들에게는 인기가 많았다. 민이 우리 집에서 내준 옥탑방에 들어오면서부터 민과 친해졌고 민과 항상 붙어 다닌다는 이유로 많은 여학생에게 시기를 받았다. 2학년이 되자 민을 짝사랑했던 다른 과 여학생을 좋아했던 남학생들이 민을 저주하기 시작했다.

 정년을 앞둔 발레 선생님은 새치가 가득한 머리카락을 풀고 나서 머리카락을 모아 뒤로 올려 머리핀으로 단단히 고정했다. 학생은 얼마 없지만 수업은 열정적으로 하는 선생님이었다. 선생님은 23년 만에 자신을 찾아온 민을 덤덤하게 맞았다.

 "나는 네가 죽은 줄 알았다."

 선생님이 말을 마치고 입을 굳게 다물었다. 민이 날갯짓처럼 팔을 휘두르며 말했다.

 "제가 활동을 얼마나 열심히 하는데요. 인터넷에서 저 못 보셨어요?"

"요즘은 어떤 공연 하니?"

민을 처음 만났던 2층 실기실은 넓지 않고 마룻바닥이라 운치가 있었다. 오늘 방문한 증축한 건물의 실기실 바닥은 아주 넓고 반질반질한 플라스틱 재질이었다. 그 바닥에 천장 조명이 반사되어 화려한 무대 같았다. 민은 모교의 실기실을 당당하게 찾아왔지만 선생님에게 자신의 작품 세계를 자세히 소개하지 않았다.

"공연을 설명하자면 '드래그 퀸'부터 '헤드윅'까지 설명이 힘들어요. 그냥 국립현대미술관 공연 실황 나온 거 링크 걸어드릴게요."

선생님이 민을 지그시 바라보다 말했다.

"나는 네가 대학을 무사히 마치길 바랐는데……. 물론 힘든 일이 있었겠지만."

"거긴 고등학교보다 더 했어요. 고정관념 그리고……."

잠시 침묵이 흘렀다. 굳게 다문 선생님의 입 주위로 잔주름이 몰렸다. 민이 지난날 선생님의 기억을 떠올리며 화제를 바꾸자 수업 종료를 알리는 벨이 경쾌하게 울렸다. 선생님이 민의 손을 잡고 앞으로 나가 학생들에게 민을 소개했다. 서울에 있는 국립대학 무용과에 입학했던 선배라고 하자 아이들이 환호성을 질렀다. 선생님은 민을 끌고 교무실에 가서 다른 선생님에게도 인사시켰다.

민은 비옷에 달린 모자를 쓰고 교정을 돌았다. 나는 우산을 쓰고 민을 따라갔다. 지금은 미술관과 기숙사가 들어서서 제법 학교 같아 보이지만 내가 다닐 때만 해도 본관 하나뿐이었다. 민은 본관 뒤쪽 주차장을 지나 창고로 갔다. 창고의 뒤쪽 벽과 낮은 담벼락 사이의 공간은 학교를 지배했던 패거리의 아지트였다. 나는 멈춰 섰다. 민이 왜 그곳을 둘러보는지 알 수 없었다. 그곳은 패거리의 끔찍한 폭행이 상습적으로 이루어졌던 곳이었다. 담벼락 밑의 배수구로 빨려 들어가는 빗물을 바라보는데 스마트폰이 진동했다. 대학 선배 관이었다. 바로 전화를 받지 못하고 머뭇거렸다. 고향에 오면 관을 떨쳐버릴 수 있을 줄 알았는데 아니었다. 나는 스마트폰을 잡았다. 온몸에 퍼지는 진동이 살려고 발버둥 치는 것처럼 느껴졌다.

"형……."

"요즘 전화 한 통 없냐?"

"바람 좀 쐬려고 고향에 왔어."

관의 스마트폰 너머로 사람들이 왁자지껄하게 떠드는 소리가 들렸고 북소리 피리소리가 났다.

"많이 모였나 보네?"

"오늘은 낭독극을 한판 벌여보려고. 며칠 전에 포스터도 만들어 붙였어."

"어떤 내용인데?"

"당장 벌거벗겨서 쫓아내도 시원치 않은 놈들 이야기지."

"재밌겠는데, 홍보가 많이 됐으면 좋겠다."

"오늘 갤러리 앞에 현수막을 걸고 여기를 재난 공간으로 선포했어. 이곳은 갤러리가 아니라 재난 현장입니다. 그러고 보니 내가 재난을 몰고 온 태풍의 눈이 된 기분이야."

낭독극 홍보를 위해 거리를 돌아다니던 패거리들이 돌아왔는지 왁자지껄한 소리가 커졌다.

"한판 벌일 준비를 해야지. 나중에 또 전화할게."

관은 힘없이 전화를 끊었다. 시위라곤 한 번도 해본 적이 없는 관은 작년부터 투사가 되었다. 나는 보름 전 관을 만나러 갤러리에 잠깐 들렀었다. 관의 얼굴은 창백하고 누렇게 떠 보이는 게 혈색이 안 좋았다.

관과 통화를 끝내고 학교 창고 뒤 담벼락 밑의 배수구 앞에 서 있는 민에게 말했다.

"배고파, 점심 먹으러 가자."

학교 창고 벽을 바라보던 민은 담장 너머 펼쳐진 논으로 시선을 돌리고 말했다.

"지금 여기서 밥이 생각나? 난 피가 끓어 올라오는 중이야!"

"도대체 왜 그러는 거야?"

"생각 안 나? 그날 여기서……."

민은 그날의 폭행이 떠오른 모양이었다. 나는 곰곰이 그날을 떠올렸다. 민을 보호하려고 민을 덮쳤고 패거리들은 나를 짓밟았다. 민도 맞긴 맞았지만 코피가 터지는 바람에 패거리의 주먹질이 멈췄다. 결국 흠씬 두들겨 맞은 것은 나였다. 나는 그날을 생각하기도 싫었다. 민이 주먹을 쥐고 나를 노려봤다. 빗물이 우산 안쪽 봉제선을 타고 흘러내렸다. 나는 우산을 내려 빗방울을 바닥에 털고 말했다.

"밥이나 먹으러 가자."

민은 빨간 비옷에 달린 모자를 뒤로 넘기고 말했다.

"그날 너에게 당한 걸 생각하면 피가 거꾸로 돌아."

민의 양미간으로 빗물이 흘러내렸다. 민의 까까머리 원형 탈모가 점점 도드라졌다. 밤하늘의 보름달처럼. 민이 갑자기 가방을 나에게 던졌다. 우산을 놓고 가방을 잡았다. 민의 발길질에 세게 맞은 느낌이었다. 나는 그날이 다시 떠올라 민의 가방을 바닥에 내팽개쳤다.

"난 다 잊었어."

"잊었다고? 너 참 뻔뻔하구나."

"무슨 소리를 하는 거야. 내가 너 때문에 죽도록 맞았는데!"

"치매에 걸린 거니? 난 너에게 맞은 것보다 너의 폭언에 상처받았어. 너희 집에서 사람 취급도 못 받은 건 그렇다 치고 냄새 나는 옥탑방에서 벗어날 수 있었다면 널 다시 보지 않았을 거야."

"3년간 거둬줬더니 고마운 줄도 모르고 그런데 내가 널 때렸다고?"

"그럼 내가 널 때렸겠니?"

"뭐 내가 폭언을 했다고?"

"그래, 이 새끼야!"

민은 창고 뒤에서 패거리에게 맞았던 폭행 사건이 아니라 다른 사건을 얘기하는지도 몰랐다. 나는 혼란스러웠지만 쏟아지는 비를 맞고 있는 상황에 분노가 치밀었다.

"야, 이년아! 네가 치매에 걸렸구나."

"비가 오면 너의 인간성이 고스란히 드러나는구나. 네가 그날 뭐라고 했는지 알아?"

"네가 요즘 스트레스를 받더니 지랄 염병을 하는구나."

민은 어렸을 때부터 자신이 최고로 인정받지 못하면 히스테리를 부리곤 했다. 나는 훌훌 털어버리고 싶어서 고향에 왔는데 민의 히스테리를 받아줄 여유가 없었다. 우산을 집어 들고 교문을 향해 걸었다. 민이 몇 발자국 따라오면서 내 뒤통수에 대고 소리쳤다.

"너는 그날, 나를 좋아하지 않는다고 울부짖었어!"

나는 뒤돌아 교문을 향해 빠르게 걸었다. 민이 따라오는 것 같아 고개를 돌렸다. 민은 사라지고 없었다. 민과 다시 잘 지내볼 수 있을 거라 기대한 내 자신에게 화가 났다. 잘됐다 싶었다. 혼자 홀가분하게 고향을 둘러볼 생각이었다.

바다가 보고 싶었다. 택시를 타고 간 곳은 신도시 평화광장이었다. 서울의 한강 난지공원 같은 곳이었다. 온통 회색빛의 바다를 바라보다, 손님이 많은 식당에 들어갔다. 바지락 비빔밥을 시키고 종업원이 밥상에 종이를 새로 까는 것을 지켜봤다. 행주로 밥상을 닦는 것보다 종이를 걷어내는 게 덜 힘들 것 같았다. 민을 내 인생에서 깔끔하게 걷어내고 싶었다. 바지락무침에 밥을 비벼 먹었다. 간이 시큼하고 달곰해서 소주 안주로 딱 맞았다. 밥을 먹다 소주를 시켜서 물컵에 넘치도록 따른 다음 단숨에 들이켰다. 갑자기 속이 꽉 막혀 밥을 더 먹을 수 없었다.

식당에서 나와 택시를 타고 창성장이 있는 거리로 갔다. 얼마 전 전 국회의원의 목포 투기 의혹과 관련되어 화제가 된 거리였다. 빈 가게와 리뉴얼 공사가 진행되는 상가가 대비되었다. 예스러운 정취가 사라지는 것도 같고 다시 살아나는 것도 같았다. 길을 가다 텅 빈 가게를 들여다보았다. 먼지가 가득한 가구와 쓰레기 사이에 고양이

한 마리가 털을 바짝 세우고 있었다. 지금 서울에선 관이 고양이처럼 갤러리를 지키고 있을 것이다.

  관이 버티는 점포는 카페 형태의 작은 갤러리다. 관과 나는 예전부터 갤러리를 하고 싶었다. 이태원의 상가를 건물을 둘러보다 적당한 점포를 발견했다. 그 전엔 호프집이었는데 상권이 죽자 못 버티고 나갔다. 관은 호프집 내부를 구석구석 스케치하고 동네를 둘러보았다. 따가운 햇살을 받으며 상가에서 전철역까지 걸었다. 인도와 차도 구분이 없는 좁은 길 양편에는 낮고 허름한 건물과 오래된 담장들이 길게 이어졌다. 비탈길을 내려가자 화가의 아틀리에, 사진가의 스튜디오, 공예가의 공방이 이어졌다. 골목의 작은 간판이 장난스러워 눈길이 갔다. 무슨 작업을 하는지 궁금해서 창을 들여다보면 소꿉장난하는 것 같았다. 어느 공방에는 나무판에 부조로 조각을 한 다음 색을 입히는 작업을 하고 있었다. 나무판의 크기에 따라 컵 받침, 쟁반으로 활용할 수 있는 소품이었다. 예술가의 가게는 작업장이자 매장이었다. 언제부터인가 젊은 예술가들이 하나둘씩 모여들더니 이들이 모이는 아기자기한 카페, 잔재미가 있는 퓨전 레스토랑. 오밀조밀한 선술집 등이 곳곳에 생겼다.

  관은 갤러리 안에 카페를 만들고 공연을 위한 무대도 만들 계획을 세웠다. 관은 은행 대출까지 받았지만 역부족이었다. 내가 모자란 부분을 투자하면서 갤러리 운영에 참여하게 되었다. 갤러리가 복합문화공간으로 변신하자 예술가들이 들락거리고 커피를 마시러 오는 주민들도 생겨났다. 갤러리는 동네 사랑방 역할을 해왔다. 작은 공연을 했고 바자회를 했다. 수익은 거의 없었으나 에너지가 넘쳐흘렀다. 갤러리에서 발산하는 에너지가 골목 상권을 살렸다. 2년이 지났을 때 관은 내가 한 투자 비용의 절반을 돌려주었다. 4년이 지나자 상권이 더 활성화되면서 임대료가 뛰었다. 그곳에 살거나 그곳에서 활동하며 작업실이나 작은 카페를 열었던 예술인들은 임대료가 싼 곳을 찾아 떠나야만 했다.

예술가들이 떠나자 패션디자이너 숍들이 자리 잡았고 재벌 주도로 패션과 광고를 중심으로 하는 상권 개발 사업이 추진되고 있다. 재벌은 개발을 주도해 왔고 다른 자본이 끼어들지 못하게 틈을 주지 않았다. 그런 분위기에 걸맞게 고급스러운 라이프스타일 숍, 디저트 카페, 레스토랑이 빠르게 모여들었다. 그때부터 주변 건물주들은 재계약을 하지 않았다. 건물주는 관에게 점포들을 다 내보내고 재건축할 거라고 했지만 매각에 더 비중을 두고 있었다. 나는 투자금을 회수하지 못할까 봐 덜컥 겁이 났다. 관에게 아버지가 갑자기 쓰러지셔서 돈이 들어가게 생겼다고 했다. 관은 어렵게 돈을 마련해서 내가 투자했던 돈을 돌려주었다. 돈을 받자 한동안 안도감과 미안함이 교차했다.

건물주는 재계약을 앞두고 갤러리를 내보낼 작정으로 보증금과 월세를 엄청나게 올렸다. 관은 그동안 자신이 투자한 것이 억울해서 버틸 방법을 찾았으나 뚜렷한 방법이 없었다. 관에게 갤러리는 인생 그 자체였다. 보증금은 못 올려줘도 월세는 더 낼 생각으로 건물주에게 사정했으나 그는 상가를 재건축하겠다는 말만 했다. 갤러리 자리를 노리는 프랜차이즈 업체가 있었고 건물주로선 갤러리를 내보내야 상가를 비싼 값에 매각하거나 임대료를 더 주겠다는 세입자를 들일 수 있었다.

관이 계약서상의 용도 변경에 대한 항목을 어긴 것도 불리하게 작용했다. 계약 기간이 끝나자 건물주는 언제든 강제 집행을 하겠다며 공포 분위기를 조성했다. 관은 갤러리를 애용하던 예술가들과 연대하여 여론을 형성하기 위해 낭독극 패거리도 부르고 철거 현장을 무대로 공연하는 가수도 불렀다.

관은 잠시라도 갤러리를 떠나면 집행관이 들이닥칠까 봐 갤러리에서 나오지 않았다. 갤러리에서 밥을 먹고 잠을 자면서 집에 가지 않고 현장을 지켰다. 건물주는 변호사를 통해 집행관을 닦달했다. 그런데도 집행관이 집행을 못 하는 것은 강제집행정지 판결이 있었기 때문이었다. 그 와중에 관이 공탁금을 내지 못했다는 소식을 들었다. 공탁금은 나에게 투자금을 돌려주지 않았다면 가능했을 금액이었다.

정처 없이 걷다 보니 민어의 거리였다. 민어는 한 번도 먹어보지 못했다. 제법 가격이 나갈 것 같아 혼자 먹기엔 부담스러워 보였다. 민과 싸우지 않았다면 저녁에 민어회를 먹을 수 있었을 것이다. 어렸을 적 먹었던 덕자회와 덕자찜이 생각났다. 덕자는 병어보다 큰 생선인데 병어보다 깊은 맛이었다. 덕자를 먹을 수 있는 식당이 있나 하고 검색하는데 스마트폰이 진동했다. 관이었다. 이번에는 전화를 바로 받았다. 나도 모르게 목포의 구도심을 둘러보는 동안 관이 떠올라 마음이 아팠기 때문이었다.

"아직 별일 없지?"

"조금 전에 검은 점퍼를 입고 모자를 눌러쓴 사람들이 갤러리 앞에 몰려들었어. 손에 기다란 공구를 하나씩 들고 말이야. 아, 드디어 시작되는구나. 나는 노끈과 쇠사슬로 출입문의 손잡이를 단단히 묶었어. 법원 집행관으로 보이는 사람이 다가와 건물명도 가처분 신청에 따라 집행하겠다며 가게를 비우라고 했어. 집행관이 가고 나는 이제 죽는구나. 그런데 검은 점퍼를 입은 사람들은 카페 안을 기웃거릴 뿐 위협적인 행동은 하지 않았어. 오늘은 경고만 하러 온 모양이야."

"이제 그만해. 할 만큼 했잖아."

"어제 인터넷 방송국과 인터뷰했어."

"그래 봐야 뭐 어쩌겠어. 건물주는 재건축할 생각이 없었어. 건물은 팔리면서 계속 값이 오를 거야."

"내일 저녁에 갤러리 앞에서 플라멩코 공연이 있어. 사람들이 많이 왔으면 좋겠다."

"도와주지 못해서 미안해."

"누가 찾아왔네. 다시 전화할게."

민은 라틴 댄스로 학교 축제 때 목포의 스타가 되었다. 우리 학교는 축제 때 학교를 개방했고 많은 사람이 전시회와 공연을 보러왔다. 축제의 하이라이트는 음악과와 무용과가 합심하여 만든 플라멩코 공연이었다.

축제날이었다. 해가 저물자 운동장에 마련한 무대에 조명이 들어왔다. 하얀 드레스를 입은 여학생과 빨간 드레스를 입은 민이 등장했다. 사람들은 화장을 한 민을 보고 여학생이 예쁘다고 감탄했다. 연주자는 기타 두 명뿐이었는데 박수와 두 명의 댄서가 발을 구를 때 나는 소리가 흥을 돋웠다. 처음에는 연주와 춤이 즉흥적이었는데 가수의 노래와 자연스럽게 어우러지자 사람들이 흥분하여 손뼉을 따라쳤다. 가수는 한 곡을 끝내고 사람들에게 손뼉을 함부로 치지 말라고 했다. 손뼉의 박자가 엇갈리면 공연을 망친다며 주의를 당부했다. 잘 짜인 각본에 따라 연출된 공연이었다. 무대 바닥에는 댄서의 발 구르는 소리를 효과적으로 내기 위해 커다란 합판을 깔았다. 빨간 드레스의 민이 사람들을 사로잡았다. 빨간 드레스 자락을 쥐었다 놓았다 하며 회전하는 민의 발 구르는 소리가 우렁차서 가슴이 뜨거워지면서 온몸이 달아올랐다. 그때 뒷자리에서 패거리가 쑥덕거렸다. 패거리의 두목이 말했다.

"저 새끼를 한번 벗겨보고 싶어."

패거리가 낄낄거렸다. 나는 온몸에 소름이 돋았다. 패거리는 주기적으로 희생양을 찾았다. 얼떨결에 걸려 폭력을 당하는 경우가 많았지만 두목은 민을 작정하고 있었다.

"저 새끼랑 붙어먹는 놈 있지, 다 잡아 와. 두 놈이 어떻게 붙어먹는지 봐야겠어."

나는 슬그머니 일어나 빠져나가려다 넘어지고 말았다. 두목과 눈이 마주쳤다. 난 잽싸게 그곳을 빠져나와 멀리서 민이 춤추는 모습을 바라봤다. 그날 민은 신들린 듯 춤을 췄다. 꽉 들어차 있던 기가 분출했다. 사람들은 자리를 떠나지 않고 공연이 끝날 때까지 빨간 드레스를 놓치지 않았다.

민의 빨간 드레스를 떠올리며 무작정 걸었다. 민어의 거리였다. 횟집 주방 바닥에 떨어진 민어가 파닥거리는 소리가 났다. 주방의 칼 그리고 피. 순간 온몸이 오싹해졌다. 내가 빨간 드레스를 입고 걷는 느낌이었다. 거리의 사람들이 모두 나를 쳐다보는 것 같았다. 오한이 온 것처럼 몸이 떨렸다. 연희네 슈퍼에서 달동네로 이어지는 계단에서 주저앉고 말았다. 그날의 기억이 돌아온 것이다. 그동안 나의 무의식은 민을 때렸다는 죄책감에 시달렸다. 나는 가슴이 복받쳐 소리 없이 울었다. 관광객이 나 때문에 계단을 오르지 못하고 있었다. 나는 일어나 바다를 향해 달렸다.

그날 공연이 끝나자 소나기가 퍼부었다. 사람들이 서둘러 본관으로 뛰어갔고 차를 타고 온 사람들은 주차장으로 뛰어갔다. 나는 민을 만나러 무대 뒤로 달려갔다. 그곳엔 패거리가 진을 치고 있었다. 나는 패거리에 잡혀 학교 창고 뒤로 끌려갔다. 두 명이 양쪽에서 내 팔을 꺾었다. 두목은 다짜고짜 주먹으로 내 배를 갈겼다.

"네가 그 새끼 기둥서방이라며?"

내장이 뒤틀렸다. 순간 숨을 쉴 수가 없었다. 나는 겨우 숨을 돌리고 말했다.

"도대체 왜 이러는 거야!"

"이 새끼 봐라, 선배한테 야자 까네."

두목은 또 한 번 내 배를 갈겼다. 나는 꼬꾸라지고 말았다.

"그년 잡아 오면 내 앞에서 둘이 한 번 해라. 너네 그렇고 그런 사이라며?"

나는 그 변태 새끼가 무엇을 원하는지 알아차렸다. 공포영화의 배경 음악 같은 빗소리가 점점 커졌다. 민이 빨간 드레스 차림으로 잡혀 왔다. 비를 쫄딱 맞은 민의 드레스는 피부처럼 달라붙었다. 두목이 민의 드레스 자락을 들어 올리며 말했다.

"몸매가 제법인데."

나는 일어나 있는 힘껏 두목을 밀쳤다. 쓰러진 두목은 패거리의 부축으로 일어났다.

"이 새끼가 죽고 싶어 환장했나."

나는 주먹을 불끈 쥐고 말했다.

"나는 이년과 아무 사이도 아니야!"

아니었다. 민의 기억처럼 나는 민을 좋아하지 않는다고 말했을 수도 있다. 나는 갑자기 미친놈처럼 민의 얼굴에 주먹을 날렸다. 패거리의 광기를 누그러뜨려 민을 구하기 위해서였다. 아니었다. 겁에 질린 내가 나 혼자 살겠다고 발악한 거였다. 그 결과 치욕스러운 수모를 당하지 않았다고 합리화했다. 민의 고개가 돌아갔다. 다시 주먹을 날리고 배를 때렸다. 나는 민과 함께 꼬꾸라졌다. 순간 나는 정신을 차렸다. 이불이 되어 민을 감쌌다. 패거리가 나를 짓밟는 동안 민의 피와 내 피가 바닥을 물들였다.

바다를 향해 달리다가 헉헉대며 민에게 전화했다. 민은 전화를 받지 않았다. 민에게 카톡을 하려는데 관의 메시지가 왔다. 링크를 클릭하자 관의 친구 인스타그램으로 연결되었다. 관의 친구는 관이 쫓겨나는 현장을 생중계했다. 나는 그 중계를 넋 놓고 바라볼 수밖에 없었다. 나는 투자금을 날릴까 봐 관에게 아버지가 쓰러지셨다고 거짓말을 했다.

건물주가 재산권을 행사하는 장면을 보았다. 빨간 모자를 쓰고 검은 점퍼를 입은 용역들은 말없이 연장을 들고 있었다. 어디선가 연장의 날을 벼리는 소리가 들렸다. 음산한 골목에 연장과 숫돌의 마찰음이 났다. 그들은 갤러리 안에 앉아 있는 관을 바라보며 상에 오른 기름진 음식을 본 것처럼 침을 삼켰다. 용역들은 손바닥으로 연장의 날을 쓸어보았다. 갤러리 앞에서 구경하다 겁을 먹은 사람들이 뒤로 물러섰다. 관은 도마 위에 오른 날짐승이었다. 용역들은 갤러리 안으로 들어갈 듯 말 듯 서성거리며 공격 자세를 취했다. 어느 순간 고함과 함께 연장이 번쩍 들렸다. 비명이 몇 번 났을 뿐이었다. 갤러리는 해체되기 시작했다. 윈도가 박살 났다. 나동그라지는 물품들은 관의 동맥에서 솟아 나오는 핏줄기 같았다.

관은 갤러리 안의 모든 집기를 밧줄도 아니고 하얀 실로 엮어 놓았는데 어떤 주술적인 표현인 듯했다. 용역들은 갤러리 안의 집기를 꺼내서 길에 내던지고 나서 갤러리 안의 물품을 뜯어내고 절단해서 밖으로 내던졌다. 용역들은 관이 버텼던 시간에 대한 앙갚음을 했다. 진작 들고 나갔으면 다시 쓸 수 있는 멀쩡한 집기들이 순식간에 부서졌다. 관은 용역이 벽에서 내 작품을 뜯어내 던지자 그것을 주워 가슴에 안고 울부짖었다.

"이건 작품이야. 내 것이 아니라 예술가의 작품이야!"

내가 개업 기념으로 선물했던 작품이 산산이 조각났다. 재활용품을 오브제로 활용한 작품이라서 부서지면 그냥 쓰레기에 불과했다. 용역들은 관을 갤러리 밖으로 끌어내려다 실패했다. 관의 머리에서 터진 피가 목으로 흘렀다. 용역들은 관을 잡아당기다가 포기했다.

관이 겉옷을 벗었다. 자신의 몸을 두 가닥의 쇠사슬로 기둥에 묶어 두고 있었다. 예술품보다 치밀하게 계획한 강제집행이 더 예술적이었다.

　민은 통화를 거부하고 내가 보낸 카톡을 읽지 않았다. 울부짖는 관의 모습이 사라지지 않았다. 계속 달렸다. 나는 어느새 신안비치 호텔 포장마차 거리까지 와 있었다. 이곳에서 대학생 행세를 하며 민과 처음 술을 마셨던 것 같았다. 민을 찾아 해매다 민이 갈 만한 곳을 생각했다. 바람이 거세졌다. 우산이 자꾸만 뒤집어져서 그냥 접어 버렸다. 바람이 거세지는 게 어떤 메시지 같아서 무서웠다. 생각이 났다. 민은 자신의 페이스북에 세월호를 자주 언급했었다.
　택시를 타고 신애항으로 갔다. 세월호는 가깝지만 멀리 있었다. 세월호는 손을 뻗으면 만져질 듯 가까웠지만 철책이 가로막혀 있었다. 철책을 넘어가도 길게 이어붙인 테트라포드 때문에 다가갈 수 없었다. 바다 속에 뒤집혀 있었던 카페리호는 온통 녹이 슬고 찌그러져 부둣가에 주저앉아 있는 것조차 힘들어 보였다. 세월호의 접근을 가로막은 철책에 달라붙은 노란 리본이 나비 떼 같았다. 나비 떼의 날갯짓에 바람이 이는 것 같았다. 민이 이곳에서 세월호를 하염없이 바라보고 있을 줄 알았다. 그러나 민은 없었다.
　택시를 타고 다시 원점으로 왔다. 해안로를 정처 없이 걸었다. 나도 모르게 왔던 길을 돌아가고 있었다. 시간을 되돌리고 싶었다. 교정에서 기억이 제대로 돌아왔더라면 바로 사과했을 것이다. 그날 패거리가 무서워 돌발적으로 저지른 행동이라고 변명했을 것이다. 걷다가 벤치에 앉아 기억을 더듬어 보았다. 민이 고등학교 때 죽을 생각으로 갔다는 곳은 달동네와 바다가 한눈에 들어오는 보리마당이었다.

보리마당 언덕으로 올라가는 길목에 온통 빨갛게 칠한 집이 나를 내려다봤다. 민을 떠올리게 하는 빨간색이 왠지 불안했다. 오솔길을 올라가자 파도가 거세지는 바다가 펼쳐졌다. 난간 앞에서 한참 바다를 내려다봤다. 다시 언덕을 향해 올라갔다. 멀리 케이블카가 움직이고 있었다. 길을 따라 커다란 바위를 넘어섰다. 마주 보이는 산에 하늘색 주황색 꽃이 만발했다. 활짝 핀 꽃은 산등성이에 다닥다닥 붙은 작은 집들이었다. 거센 바람이 불었다. 산꼭대기에 걸려 있던 먹구름이 내게 다가왔다. 태풍이 아니길 바랐다. 순간 빨간 새가 솟아올랐다. 그것은 민의 빨간 비옷이 바람에 흩날리는 모습이었다. 민이 바위 위로 올라섰다. 민이 배트맨처럼 팔짱을 끼고 나를 노려봤다. 민은 바람이 불어도 중심을 잃지 않았다. 내가 서 있는 지점과 민이 우뚝 선 바위와의 거리는 한걸음에 다가갈 수 있는 거리였다. 하지만 민이 아주 멀리 있는 것 같았다. 나는 큰 소리로 민을 불렀다.

"미안해, 사과할게. 네 말이 맞아."

민이 빨간 날개를 펄럭이며 내게 날아왔다. 나는 다시 사과했다.

"미안해, 그날 놈들이 무서워서 내가 발작을 한 거야."

민이 내 코앞에 다가서서 두 팔을 벌렸다.

"나는 너를 너 자체로 좋아했어."

"정말?"

민이 두 팔을 더 벌렸다. 나는 민에게 안겼다. 거센 바람이 불었다. 민과 나는 가볍게 날아올랐다. 민은 나를 안고 바다로 날아갔다. 나는 스턴트맨이 된 것 같았다. 등에 와이어를 연결하고 민과 무협 영화를 찍는 기분이었다. 민이 내 귀에 대고 속삭였다.

"이제 그만 떨어져, 이 새끼야."

"알았어. 이년아."

우린 낄낄대며 웃었다. 나는 웃으며 민에게서 떨어졌다. 거센 바람이 잔잔해졌다. 민의 체온이 날아갔다. 모든 것이 제대로 돌아온 기분이었다. 허기가 졌다. 민을 찾기 위해 한 시간 넘게 달렸던 것 같았다. 내가 민에게 말했다.

"저녁 먹으러 가자?"

"목포에서 제일 맛있고 비싼 거로."

"민어회 어때?"

"네가 살 거지?"

"일단 가자."

우리는 항구 쪽에 있는 횟집을 검색했다. 선창가를 지날 때 민이 나에게 물었다.

"목포항은 왜 생선 썩는 냄새가 안 나는 줄 알아?"

"글쎄?"

"이곳은 조수 간만의 차가 커서 그래."

"그런가?"

"이런 멍청이. 목포 앞바다는 매일매일 뒤집어지는 거야, 우리처럼."

"알아, 이년아. 그게 다 달의 중력 때문이야."

민어회는 생각보다 비쌌다. 양배추 채 위에 회를 얹어 나오는 것이 특이했다. 잎새주를 시켜 한 잔씩 맛을 본 다음 민어 부레를 기름장에 찍어 먹었다. 홍어에 애가 있다면 민어는 부레였다. 민어회를 다 먹고 나서 아껴두었던 쫄깃한 부레와 약간 비릿한 민어 껍질을 먹는 동안 잎새주 두 병을 비웠다. 나는 내가 예약한 모텔에 전화해서 확인했다. 우리는 모텔에 가서 샤워를 하고 다시 나와 맥주를 마시기로 했다. 횟집에서 나와 걷는데 내 스마트폰이 진동했다. 관의 친구였다. 나는 덜컥 겁이 나서 전화를 받을 수 없었다. 잠시 후 문자 메시지가 왔다. 관이 오늘 강제집행을 잘 막아냈고 내일 저녁 예정대로 갤러리 앞에서 플라멩코 공연을 크게 연다는 소식이었다. 관은 갤러리가 통째로 뒤집어지자 힘이 나는 모양이었다. 나는 스마트폰으로 차표를 검색했다.

"나 지금 막차 타고 서울에 가야겠어."

"왜?"

"친구가 많이 다쳤어."

"내일 아침에 가면 안 돼?"

"내일 가게 앞에서 플라멩코 공연을 한다는데 내가 무대를 만들어 줘야겠어."

"나도 같이 올라갈래."

"넌 며칠 바람 좀 쐬다 올리와."

"됐어, 오늘 실컷 바람맞으며 구경 많이 했어."

나는 길바닥에서 라틴댄스를 흉내 냈다. 손뼉을 짝짝 치면서.

"맞다. 너 내일 저녁에 시간되면 와서 춤추지 않을래?"

"입고 갈 드레스가 없는데."

"내가 사줄게, 빨간 드레스로. 옛날 생각난다. 너 그날 엄청 예뻤는데."

"말해 뭐해."

나는 바로 모텔 예약을 취소했다. 우리는 목포역을 향해 걸었다. 거리에는 사람이 거의 없었다. 금요일이었는데 일요일 저녁 같았다. 고향을 떠날 때 이 거리는 중심 상권이었다. 몇몇 식당만이 불을 밝히고 있었다. 이십 년이 넘은 홍어 식당엔 두 테이블만 손님이 있었다.

"다음에 오면 홍어 먹자."

"좋아, 유달산 갔다 와서 막걸리에 홍어."

"다음에 올 때까지 저 식당이 있었으면 좋겠다."

서울로 가는 기차 안에서 나는 계속 차창을 바라봤다. 검은 차창엔 옆에 앉은 빨간 민이 투영되었다. 민은 일정한 거리를 두면 더 예뻤다. 학창 시절 무용 실기실 밖에서 민을 훔쳐보던 것처럼. 나는 차창에서 눈을 떼지 않고 손을 뻗어 민의 손을 잡았다. 민의 손은 따뜻했다.

불의 정원

얼마 전 노조 파업이 불법이라는 이유로 정 사장이 엄청난 금액의 손해배상 및 가압류를 청구했다. 우리의 인력 충원, 비정규직 차별 철폐 주장은 정당했기에 법원을 믿었으나 판사는 이십 년 전의 판례를 들어 정 사장의 손을 들어주었다. 언제나 법원은 경영권과 파업권 중에 경영권을 우선한다.

불의 정원

　새벽에 잠이 깼다. 팬티에 손을 넣어 내 것을 주물럭거렸다. 아침마다 저절로 단단해졌던 게 그날 이후로는 반응이 없다. 일어나 샤워하고 여행 가방을 챙겼다. 세면도구와 실리콘 브러시를 넣었는지 확인했다. 6시쯤 일찌감치 포항으로 출발했다. 예상과 달리 평일인데도 내부순환로에 자동차가 빼곡했다. 직업이 다양해지고 재택근무가 많아진 요즘에도 사람들은 새벽부터 기를 쓰고 일터로 달려가는 듯했다.
　오랜만에 출근 전쟁터에 꼽사리 끼었다. 운전 감각이 떨어져 차간 거리를 적절하게 유지하지 못했다. 멍한 상태로 파리를 쫓듯이 끼어드는 차를 향해 경적을 울려대다 흐름이 원활해지자 차츰 정신이 들었다. 차들은 속도를 내기 시작했다. 십 년 만에 현을 만나기 위해 포항으로 달려가고 있다는 생각이 들자 갑자기 세상이 밝아졌다.
　페이스북에서 초등학교 동창 현을 만났다. 페이스북을 열심히 하지 않지만 주로 등산 가서 정상에 올라 선글라스 낀 얼굴을 찍어 올리거나 맛집에 찾아가서 밥상을 찍어 올리곤 했다. 얼마 전 커피전문점에 갔다가 화가 나서 현금의 필요성에 대해 길게 글을 올린 적이 있었다. 직원은 출입문에 현금은 받지 않고 전자결제만 가능하다는 안내 문구를 붙여 놨다고 했다. 나는 못 봤고 카드도 없다고 계속 버티자 나 같은 사람을 위해 준비한 듯 거스름돈을 내줬다. 페이스북 친구들은 변화에 적응하지 못하는 얼간이 취급을 했다. 나는 현금이 사라지면 안 된다고 주장하며 비상사태나 재난이 나서 정전이 되었을 경우를 예로 들었다. 내 의견에 찬성하는 댓글은 하나였다. 그 페친의 정보와 게시물을 살펴보고 초등학교 동창이라는 것을 알았다. 언제 누가 먼저 친구 신청을 했는지 기억나지 않았지만, 그녀는 나를 줄곧 지켜보고 있었다. 그녀에게 메시지를 보내 인사를 나누고 사십 년 전의 추억에 빠졌다.

 쇳가루가 날리던 청림동은 포항제철 정직원이 아니라 협력사 직원들이 많이 살았다. 바람이 불면 거대한 포항제철을 향해 입을 벌리고 철의 기운을 흡입하고 있으면 현이 말굽자석으로 놀이터 모래밭을 휘저어 청소 솔처럼 달라붙은 검붉은 쇳가루를 내 입에 들이댔다. 나는 쇳가루를 먹고 지구를 지키던 로봇 태권브이처럼 세상을 구하는 영웅이 되고 싶었다. 현에게 그 동네는 지금도 협력사 직원들을 위한 사택, 하숙집, 술집 등이 오밀조밀하게 형성되어 있는지 묻자 그녀는 그 동네는 우리가 어렸을 때부터 그런 분위기가 아니었다고 했다. 우리 집은 중학교 때 서울 변두리로 이사했고 그 후로 네 번을 이사 다녔다. 서울 변두리의 이미지들이 나도 모르게 모자이크되어 기억이 재구성되었거나 노동자들이 많은 공장지대는 으레 술집이 즐비하다는 고정관념이 작용했는지 모르겠다. 한줄기 희미한 빛처럼 떠오르는 청림동의 이미지는 골목마다 술집이 들어차 밤이 되면 노동자들의 노랫가락이 끊이지 않는 거리였다. 어느 환락가의 장면이 들어와 내 기억에 자리 잡았는지 아니면 다시 일터로 돌아가 땀 흘리고 나서 한잔하고 싶은 욕망이 기억을 재구성했는지도 모르겠다.

현에게 청림동에 갈 일이 있으면 사진 좀 찍어 보내라고 부탁했다. 얼마 후 그녀가 보낸 청림동 풍경은 아직도 높은 상가가 없어서 여느 지방 소도시 변두리 주택가와 다름없었다. 칠십 년대 풍의 작은 주택이 골목마다 비석처럼 박혀 세월의 겹을 내고 있었고 집 앞 공터와 앞마당에 텃밭을 가꾸는 집이 많아 정겨워 보였다. 고향에 가서 바람이라도 쐬면 분노가 가라앉을 것 같았다. 현에게 여행을 제안했다. 우리는 같이 추억을 더듬어 보기로 했다.

9월의 햇살은 한여름의 열기를 머금고 있었다. 눈이 부셔 선글라스를 끼고 룸미러를 봤다. 눈을 가리는데 왜 더 단호해 보이는지 거울을 볼 때마다 신기하다. 시선이 어디로 향하는지 모르게 감춰지면 신비감이 생기는 모양이다. 시선을 감추고 눈알을 굴리며 살았어야 했는데 눈을 부릅뜨고 한곳만 바라보았다. 그때 옆 차선의 검은 수입 세단이 앞서 나가면서 창밖으로 담뱃재를 털다가 은근슬쩍 꽁초를 떨어뜨렸다. 선글라스를 끼고 자신감이 생겨 경적을 울렸다. 하지만 검은 수입 세단은 아랑곳하지 않고 달려 나갔다. 바리케이드 너머 검은 세단에 앉아 차창을 반쯤 내리고 우리를 비웃던 정 사장의 모습이 떠오르자 심장 박동이 빨라졌다. 빨간 머리띠를 두르고 공장 앞에서 단식까지 했지만 정 사장은 우리와 대화하지 않았다. 달아오른 분노를 가라앉히려고 창을 내리고 바람을 쐬는데 온몸이 가려웠다. 시작하면 멈출 수가 없기에 핸들을 꽉 잡았다. 한번 긁고 나면 손톱에 낀 각질을 뾰족한 것으로 긁어내야 할 정도다.

　얼마 전 노조 파업이 불법이라는 이유로 정 사장이 엄청난 금액의 손해배상 및 가압류를 청구했다. 우리의 인력 충원, 비정규직 차별 철폐 주장은 정당했기에 법원을 믿었으나 판사는 이십 년 전의 판례를 들어 정 사장의 손을 들어주었다. 언제나 법원은 경영권과 파업권 중에 경영권을 우선한다. 그들은 노조의 결성과 단체행동을 막기 위한 수단으로 폭탄을 던지기 시작했다. 예전에는 노조의 파업을 막거나 빨리 종결하려는 압력 수단으로 사용하다 노사 합의에 도달하면 폭탄을 해체했다. 그러나 이번에는 노사분규가 종결되어도 노조의 재정을 파탄 내고 노조 간부와 조합원을 탄압하기 위해 폭탄을 터뜨렸다. 말로만 듣던 폭탄의 파편을 맞자 입버릇처럼 말하던 죽음이 떠올랐다. 당장이라도 죽을 수 있을 것 같았다. 자살의 방법을 찾다 분노가 조금 가라앉았을 때 나보다 먼저 폭탄을 맞고 간신히 살아난 친구의 조언을 들었다. 정말 그 방법밖에 없는 것인가 생각할수록 수치심에 분노가 더 끓어올랐다.

　언제부터인가 흥분하면 건조해진 피부의 가려움이 번졌다. 참지 못하고 온몸을 긁으면 마른 각질이 하얗게 일어난다. 그럴 땐 내 몸이 안쓰러워 거울을 보며 마사지를 해준다. 세안용 실리콘 브러시로 온갖 자세를 동원해 온몸을 구석구석 마사지한다. 그 동작의 난이도는 쾌락과는 거리가 먼 진지한 몸부림으로 시작되지만 몰입하면 성적 욕망과 분리될 수 없다. 동작은 에로틱한 상상과 접목되면서 성적 욕망의 판타지를 어느 정도 해소해 준다.

　최근 사소한 것에 화가 나는 증상이 심해졌다. 가만히 보면 화를 낸다고 해서 상황이 개선되는 게 아니다. 화를 어쩌지 못해 소리를 지르고 화가 나서 잠 못 이루고 화를 안으로 삭여서 건강이 좋지 않다. 어긋난 질서를 회복시키기 위해 혹은 내가 받는 상처를 환기하기 위해 상대에게 문제점을 지적했을 때 상대가 머리를 조아리는 예는 없다. 가슴이 답답하여 심호흡을 몇 번 하고 창을 올리고 속력을 냈다.

중부내륙고속도로를 타기 위해 동서울 톨게이트를 빠져나갈 때 하이패스차선으로 잘못 들어섰다. 멈출 수가 없었다. 출발부터 뭔가 어긋난 기분이었다. 갑자기 기운이 뚝 떨어지며 시야가 흐려졌다. 일 차선으로 달리다가 이 차선으로 넘어와 속도를 줄였다. 평소에 고속도로를 잘 이용하지 않아 하이패스에 관심이 없었고 내 차처럼 연식이 오래된 차는 단말기를 따로 장만해야 하는 번거로움이 있었다. 도로공사에서는 나 같은 사람을 구석으로 몰고 있었다. 이제 모든 톨게이트마다 현금을 받는 차선은 끝 차선 하나로 줄어들었다. 톨게이트를 제대로 빠져나가지 못했다는 자책감이 부풀어 올랐다. 예전에는 안 그랬는데 요즘은 일상에서 작은 것 하나라도 어긋나면 불안해졌다. 온종일 멍하게 있다가 달력에 표시해 놓은 중요한 일정도 잊어먹기 일쑤였고 그날 하려고 했던 일을 못 하게 되면 안달이 났다.

중부내륙고속도로를 달리다 상주를 지날 즈음 현에게 카톡을 했다. '상주 12시 도착' 운전 중이라 아주 간단하게 메시지를 전한 것이다. 포항 톨게이트에 도착하여 도로공사 사무실에 가서 통행료를 내고 11시 반쯤 전화했다. 전화를 받은 그녀는 깜짝 놀라며 아무 생각 없이 누워 있다고 했다. 그녀는 내 메시지를 보고 12시쯤 상주에 도착한다는 뜻으로 알았기 때문에 포항 도착 시간을 그 시점에서 두 시간 정도는 더 걸릴 것으로 판단했다. 그녀는 어디서 만날지 횡설수설하다가 집 주소를 알려줬다. 우리는 30분 뒤에 집 앞에서 만나기로 했다. 내비게이션에 주소를 입력하며 그녀의 낯선 목소리를 되새겨보았다. 그녀 역시 일이 예정대로 이루어지지 않고 어긋나면 참지 못하는 성격인 듯했다. 그런 게 아니라면 서둘러 외출 준비를 해야 하는 상황이 못마땅할 수도 있었다. 시간 약속이 어긋난 것 때문에 여행을 망칠지도 모른다는 불안감이 들었다. 그녀의 집으로 가면서 긍정적인 생각을 했다. 십 년 만의 만남을 위해 미용실에 다녀오려고 했을지도 모를 일이었다.

현이 사는 아파트는 제법 알려진 브랜드였다. 아파트 단지에 도착하여 메시지를 보냈다. 차에서 내려 그녀를 기다리는 동안 내 가슴은 부풀어 올랐다. 등산복을 맵시 있게 차려입은 어느 중년 여자가 반려견을 산책시키고 있었다. 놀이터 화단 나무 밑에서 낑낑거리던 강아지가 자세를 잡고 똥을 쌌다. 나는 곁을 떠나지 않고 지켜봤다. 중년 여자는 반려견이 똥을 싸고 뒷발 짓을 하자 바로 배설물을 치웠다.

최근 자주 가는 동네 공원 산책로에서 반려견 배설물을 종종 발견하고서 산책 나온 반려견이 있으면 유심히 살피게 되었다. 어느 날은 뒤따라가던 반려견이 똥을 싼 것을 모르는 중년 여자에게 배설물을 가리키며 치우게 했다. 여자는 얼결에 다른 반려견 배설물까지 치우고 말았다. 나는 별걸 다 신경 쓰는 할 일 없는 사람이 되었지만 통쾌했다.

현은 여전할까. 십 년 전 동창 모임에 나온 그녀를 떠올렸다. 적당히 날씬한 그녀는 애쓰지 않아도 나보다 젊어 보였다. 점심 모임이었다. 서울에 놀러 온 여자들의 주장으로 이탈리안 식당에서 점심을 먹었다. 우아하게 와인을 마시던 그녀의 한껏 무르익은 아름다움이 속깊은 표정으로 발산했다. 당시 얼굴 윤곽선을 따라 웨이브 진 머리카락이 연하게 빛나던 그녀는 사십 대 중반까지 은행을 다녔기 때문에 먹고살 만큼 돈이 있다고 했고 이혼하고 딸과 살고 있었다. 동창들 모두 그녀를 부러워했다.

듬직한 여자가 지상 주차장으로 걸어왔다. 얼굴을 유심히 보고 나서야 현이라는 것을 알 수 있었다. 화장을 진하게 하고 나왔는데 두툼한 입술이 야릇한 빨강이라 식충식물의 아가리 같았다. 순식간에 촉수를 뻗어 나를 덮칠 것 같은 그녀는 나이를 살로 먹었는지 예전의 몸매가 아니었다. 이성은 달려가서 반갑게 손을 내밀라고 지시했지만, 감성은 내 몸을 꽁꽁 묶어버렸다. 하지만 나는 그녀의 표정을 보고 정신을 차렸다. 그녀가 본 나도 마찬가지일 것이다. 우리는 똑같은 처지였다. 나는 선글라스를 벗고 손을 들었다. 그녀가 다가와 눈이 부신 듯 가늘게 뜨고 말했다.

"하나도 안 변했네."

그녀는 뚱뚱해져서 얼굴이 두루뭉술했고 화장이 두꺼워 답답해 보였다. 나는 목주름에 들러붙은 파우더를 보면서 말했다.

"넌 더 예뻐졌다."

나는 바로 뒤돌아 차로 걸어갔다. 차에 올라타자 등이 뜨거웠다. 잠깐 세워놓았는데도 차는 벌써 달궈져 있었다. 열을 식히는 에어컨 소리가 요란했다. 그녀는 큰 소리로 오늘 일정에 관해 떠들어댔다.

죽도어시장으로 갔다. 구시가지의 구불구불한 길에 사람들이 많았다. 내비게이션을 보면서 공영주차장을 찾는데 초보 운전자처럼 계속 들어가는 입구를 놓쳤다. 할 수 없이 건너편 대로에 있는 노상 주차장에 차를 세우고 걸어서 죽도어시장으로 들어갔다. 규모가 큰 재래시장이라 제법 활기가 있었다. 그녀가 앞서 걸으면서 말했다.

"예전보다 많이 죽었네."

"얼마 만인데?"

"나도 몇십 년 만이야."

시장을 돌아보고 물회 집을 찾아 들어갔다. 나는 음식이 나오자마자 밥을 말아 국밥 먹듯이 해치우고 말했다.

"맛이 없네. 뭐든 서울이 제일 맛있는 거 같아."

"기껏 검색해서 데려왔더니……."

현의 모습에 실망해서 나도 모르게 툴툴거린 것 같았다. 흡족한 여행을 위해 마음을 추슬렀다. 점심을 먹고 나서 일정을 논의하다가 옛날 포항역 얘기가 나왔다. KTX 동해선 포항역이 생기기 전까지 100년 애환이 깃든 역이었다. 역 주변은 옛날부터 환락가였다. 나는 그곳에 먼저 가보자고 했다.

"거긴 아무것도 없을걸. 공원 조성한다고 공사 중일 거야."

"가서 추억을 더듬어 보고 싶어."

죽도시장에서 옛날 포항역까지 걸었다. 포항역사가 사라진 자리는 허허벌판이었다. 무성한 잡초와 작은 창고 건물 몇 개가 지키고 있는 넓은 터에 비둘기들이 떼를 지어 노닐고 있었다. 철로 디딤목을 뽑아낸 자리가 이가 뽑힌 잇몸처럼 흉측했다.

포항역 주변 골목은 중대거리로 불리는 집창촌이었다. 지금의 정식 명칭은 한터전국연합포항지부다. 낮이라 가게 문을 열고 영업하는 곳은 없었다. 입구 아스팔트엔 '청소년 통행 금지구역'이라고 쓰여 있었다. 시간의 흐름 속에 변하지 않는 공간은 존재하지 않을 것으로 생각했는데 중대거리는 아직 옛 모습을 유지하고 있었다.

아직도 중대거리는 포항역을 에워싸며 형성되어 있었지만 그중 절반 정도는 문을 닫았다. 포항역이 존재했을 때 이곳은 밤마다 빨간 불빛이 꿈틀거리는 환락가였다. 단층 임시 건물 형태로 죽 이어지면서 윈도 프레임을 붉게 칠한 가게들이 자아내는 풍경은 낯설지 않았다.

"너 옛날에 여기 와봤니?"

"내가 돈이 어디 있어서."

"한 번은 가봤겠지?"

그녀는 비아냥거리며 나를 가게 쪽으로 밀었다.

"나는 이런 분위기 질색이야."

성년이 되던 해 친구들을 만나러 기차를 타고 이곳에 왔다. 모임이 끝날 무렵 깔끔하게 잘생기고 허우대가 좋은 남자가 현을 데리러 왔다. 포스코 중역의 아들이라고 했다. 그녀를 만나러 가서 아무 말도 하지 못했다. 동창회가 끝나고 현이 남자와 다정하게 사라지는 모습을 보고 창녀에게 순결을 바치겠다고 마음먹었다. 좌절감을 극복하겠다는 치유의 의식이었다. 그러나 중대거리 입구만 서성거렸을 뿐이었다. 한 발짝만 더 안으로 들어갔다면 상상했던 의식이 벌어졌을 것이다. 가게 앞에서 두리번거리는 사내를 잡아채는 창녀 같지 않은 청순한 여자가 파리를 유혹하여 포획하는 식충식물 같았다.

현이 골목 안쪽으로 들어갔다. 그녀를 따라가면서 사진을 찍는데 어느 가게 문이 열렸다. 누군가 뛰쳐나와 왜 사진을 함부로 찍느냐고 할까 봐 간이 쪼그라들었다.

중대거리를 빠져나와 포항의 명동이라고 할 수 있는 북포항우체국거리를 둘러보고 육거리로 갔다. 전국에 몇 개 없는 여섯 개의 거리가 모인 곳이다. 회전교차로는 사라지고 중앙분수대가 우뚝 서 있었다. 육거리의 오거리 방향과 중앙상가 방향 중간에 작은 교통섬에 도로 출발점과 종점을 알리는 '도로원표'가 놓여 있었다. 서울, 부산, 대구, 속초, 인천, 경주 등 거리가 기록된 하얗고 큰 돌이 육거리가 옛날부터 중심지였음을 알려주고 있었다.

다시 구 포항역을 돌아 학도의용군전승기념관으로 갔다. 그쪽으로 가는 골목에 주차한 차가 많았다. 대부분 중형차였다. 나는 마주 오는 차를 피해 담벼락에 붙으면서 말했다.

"생각해 보니 포항은 어렸을 때부터 골목에 차가 많았어."

"포항제철이 있어서 옛날부터 지역 경기가 좋았잖아. 다른 지방 도시에 비해 집마다 차가 많은 편이야."

학도의용군전승탑으로 올라가는 계단이 힘들어 숨이 찼다. 헐떡거리며 올라가자 포항 시내가 한눈에 들어왔다. 현의 표정을 보니 나만큼이나 힘든 표정이었다. 그녀의 주름진 목덜미가 가여워 보여서 내 목을 쓰다듬어 보았다. 나 역시 마찬가지였다. 우리는 그늘진 기념탑 화단에 걸터앉았다. 그녀가 포항 시내를 굽어보다 나에게 물었다.

"너 예전에 공무원이라고 했었지?"

"공무원은 무슨, 공장 다니다가 정리해고 당했어."

"그래? 공무원같이 생겨서 공무원인 줄 알았다."

"옛날에 공무원 이미지는 꽁생원이었지."

"돈 좀 많이 모아 놨니?"

"소송 걸려서 알거지 되고 이혼했어. 어떻게 살아야 하나 고민 중이야. 너는 돈 많이 모아 놨지, 평생 은행 다녔으니 많이 모았겠지."

"은행, 누구 얘기하는 거야?"

그녀가 자리에서 일어나 엉덩이를 털더니 바쁜 사람처럼 주차장으로 걸어갔다. 나는 십 년 전 동창회에서 들었던 이야기를 떠올렸다. 현의 얘기가 맞는데 자기가 아니라니 혼란스러웠다. 내 기억력이 벌써 오락가락하는 것 같아 서글펐다. 그날 이후로 판단력도 점점 떨어지는 것 같다. 고집 피우지 말고 폭탄을 먼저 맞고 간신히 살아난 친구의 조언을 받아들여야 하는지도 모를 일이었다. 나는 차에 올라 그녀에게 말했다.

"숙소에 가서 체크인하고 가자."

그녀는 호텔로 가는 동안 말이 없었다. 알거지가 되었다고 거리낌 없이 말한 게 후회됐다. 호텔에 도착하여 차를 세우자 그녀가 먼저 내렸다.

"생긴 게 꼭 절 같다."

"객실도 한옥 구조라 멋있어서 예약했어."

"바다는 보이니?"

"사이트 검색했을 때 영일만이 한눈에 들어왔어."

카드키를 받고 가방을 가져다 두려고 엘리베이터를 기다리는데 그녀가 말했다.

"어떻게 생겼는지 구경 좀 하자."

엘리베이터는 좁았다. 갑자기 가슴이 뛰었다. 실로 오랜만에 피어난 불씨였다. 일부러 그녀 뒤에 바짝 달라붙은 채 올라갔다. 뚱뚱해진 그녀의 몸매에 실망했지만 내 신경계가 얼마나 민감한지 점검하고 싶었다. 배를 내밀고 그녀의 머리 냄새를 맡아보았다. 두피에서 피어난 암컷의 체취가 빈속에 들이켠 위스키처럼 자극적이었다. 촉각과 후각을 통한 자극에 심장 박동이 빨라졌다. 이런 욕망을 해소하는 것이 목적이 아니었지만 갈구하게 되었다. 다시 몸을 밀착해도 그녀가 가만히 있자 그동안 종유석처럼 솟은 분노가 조금 으스러지는 기분이었다.

객실은 커튼이 쳐져 있어서 불을 켜도 어두웠다. 천장의 작은 매입 조명 몇 개가 전부였다. 나는 침대 위에 가방을 던지고 작은 창의 커튼을 열었다. 가느다란 낮의 빛줄기가 들어 왔다. 창살 사이로 비쳐든 햇살이 기하학적 문양을 그린 듯했고 모자이크가 정교하게 맞아떨어진 기분이었다. 화장대의 커다란 거울을 바라보는데 그녀가 샌들을 벗고 안으로 들어왔다. 생각보다 키가 작았다. 그녀는 신기한 듯 한옥 구조의 객실을 둘러보고 나서 화장대에 놓인 일회용품

팩을 뒤적거리고는 말했다.

"낮에 손님을 받는 곳이구나."

그녀의 손에는 콘돔이 들려 있었다. 나는 다가가서 신기한 듯 콘돔을 관찰했다. 콘돔을 만져 보았다. 포장을 뜯으면 물컹거리는 생명이 기어 나올 것 같았다. 내가 콘돔을 준비한 것도 아닌데 얼굴이 화끈거렸다. 고개를 드니 거울 속의 그녀가 나를 바라보고 있었다. 그녀의 번쩍이는 눈빛이 새삼스레 섬뜩했다. 그녀의 짧게 다듬은 머리에는 흰머리가 많이 섞여 있었다. 눈 주위의 잔주름 때문에 예전의 예리했던 눈빛이 누그러져서 애잔한 감정이 일었지만 내 속에서 피어나는 욕망은 영향받지 않아 다행이었다. 힘들게 불붙은 모닥불에 입김을 불듯이 추스르는데 그녀가 안타까운 표정으로 말했다.

"너는 이마가 많이 넓어졌구나."

그까짓 거 아무렇지 않다고 여기지만 누군가 정곡을 찌르면 울컥하는 치부였다. 나는 콘돔을 화장대에 던지며 말했다.

"뭘, 나이 들면 다 그렇지."

"차라리 머리를 아주 짧게 잘라."

"바다 보러 가자."

가슴을 따끔하게 찌른 분노에 욕망의 불꽃이 순식간에 사그라졌다. 빨리 바다를 봐야 할 것 같았다. 이제 아무 매력이 없는 남자가 되었다는 절망 때문인지 아니면 같이 늙어가는 처지에 대놓고 흠을 잡는 그녀의 성격 때문인지 알 수 없었다. 거울을 볼 때 형성되었던 애처로움과 뒤섞인 욕망이 사라질까 겁났다. 호텔에서 나와 바다로 달려가는 동안 감정 조절을 잘해서 오늘 밤 여행의 목적을 꼭 달성

해야겠다고 마음먹었다.

송도해수욕장에 도착하자 세찬 바람이 불었다. 일기예보에서는 태풍이 올라오고 있다고 했다. 서늘한 물기가 엷은 막처럼 퍼지더니 빗방울도 조금씩 떨어졌다. 그녀가 길가에 가로수처럼 서 있는 소나무를 가리키며 말했다.

"옛날에는 해변에 소나무가 꽉 들어찼고 모래사장도 넓었는데 십오 년 전부터 점점 줄어들고 있어."

"뭣 때문에?"

"해변이 늙어 흐무러진 거지."

"포항제철 때문에 그런 게 아닐까?"

"아닐걸, 저렇게 많이 떨어져 있는데."

그녀는 바다를 하염없이 바라봤다. 나도 따라 바다를 바라봤다. 떼지은 뭉게구름이 바다 위로 둥실 떠 있었다. 구름 그림자가 드리운 바다는 탁한 군청이었다. 오른쪽 영일만 너머 길게 이어진 포항제철은 어렸을 적 느꼈던 모습이 아니었다. 오래전 새벽 티브이에서 나오던 애국가 영상이 떠올랐다. 노을 지는 퇴근 시간 형산큰다리를 건너오는 수많은 노동자의 자전거 물결 배경으로 포항제철이 등장했다. 기억 속의 포항제철은 찬란하고 장대했으나 지금은 녹슬어 쇠락한 모습이다. 그러나 겉모습은 낡아도 속에 간직한 힘은 더 커졌다.

얼마 전 포스코 하청업체에 근무했던 친구는 국회 본청 앞에서 전국금속노동조합연맹 소속 노동조합원들과 함께 일괄매각, 분할반대 및 노조와해 사태에 항의하며 천막농성 및 무기한 단식투쟁 집회를 했다. 원청인 포스코의 하청업체 분할매각에 따른 노조 와해 시도, 고용승계 문제를 해결하라는 촉구였다. 하청업체 사장은 투쟁한 조합원 전원을 해고했다. 포스코는 분사없는 매각 약속을 이행했어야 했다. 결국 내 친구는 손배폭탄을 맞았다. 그러나 친구는 바로 반성문을 쓰고 조아렸다. 가까스로 은혜를 입어 폭탄의 파편은 제거되었으나 복직은 되지 않았다. 그래도 친구는 다행이라며 달리 방법이 없다고 했다.

검푸르게 내려앉는 하늘과 회색 수평선을 배경으로 펼쳐진 황량한 포스코를 바라보며 말했다.

"바다를 보니까 죽고 싶다."

"죽을 용기는 있니?"

축축해진 머리카락이 바람에 부대꼈다. 머리가 욱신거렸다. 해풍이 파도를 휘몰아쳐 방파제를 때렸다. 하얀 거품이 솟아올랐다. 거품을 보자 갈증이 났다.

"시원한 맥주 한잔하고 죽고 싶다."

"넌 여기 죽으러 왔니?"

"죽지 못해 여기까지 왔다. 더러운 놈들, 내 퇴직금은 물론이고 신원보증인도 가압류 걸었어."

"끝까지 희망을 잃지 마. 방법이 있겠지."

"방법은 있어. 아직 마음의 준비가 되지 않았어."

"방법이 있다니 다행이네."

"너는 살면서 사죄하고 선처를 바란 적이 있었냐?"

"아들이 폭행 혐의로 소년원에 갈 뻔했던 적이 있었지. 피해 가족에게 빌고 또 빌었지."

"그런 경우라면 얼마든지 무릎 꿇을 수 있지. 하지만 나는……."

"누구나 그런 일 한 번쯤은 겪지 않니. 그냥 눈 찔끔 감고 사죄하고 벗어나."

"그게 말처럼 쉽지 않아."

한숨이 절로 나왔다. 고개를 돌리니 왼쪽 해변에는 굴삭기가 다른 곳에서 가져온 모래를 고르고 있었다. 해안침식을 방지하기 위해 수중 방파제를 설치하고 인공적으로 모래를 공급하는 사업이었다. 나에게 필요한 보강사업 중 대표적인 것이 전립선이다. 성능이 떨어져서 오줌이 자주 마렵다. 화장실을 찾는데 빗방울이 날렸다. 머리숱이 적어지면서 비 맞는 게 질색이었다. 비는 내릴 듯 말 듯 하다가 그쳤다. 주차장에 있는 공중화장실로 달려가서 볼일을 보고 청림초등학교로 갔다.

아담한 학교는 옛날 모습 그대로였다. 그때는 컸으나 지금은 작아진 운동장을 한 바퀴 돌고 내가 살던 동네로 갔다. 집은 사라지고 삼층짜리 빌라가 들어서 있었다. 청림동은 포스코 협력사 직원들이 많이 살았던 동네다. 옛날에 그랬지만 지금도 포스코 정직원이 많이 사는 인덕동과 대비되었다. 그곳은 넓은 지상 주차장이 있는 이마트가 있고 아파트 단지가 많지만, 이곳은 작은 단독주택이 많았다. 어느 조용한 시골 동네와 다를 바 없고 오래된 작은 기와 주택이 골목에 아직도 드문드문 박혀 있었다. 아이들과 뛰어놀았던 추억을 더듬으며 걸었다. 기억에 남아있는 골목마다 술집이 들어차 밤이 되면 노동자들의 노랫가락이 끊이지 않았던 유흥가의 흔적은 찾아볼 수 없었다. 술에 취해 휘청거리며 골목을 맴돌다 붉은빛 가게로 들어가는 사람들에 관한 기억이 언제 엉켜 버렸는지 잘 모르겠다. 아마 중대거리에서 행하지 못하고 좌절한 기억이 바이러스처럼 증식한 듯하다.

포항공대를 가로질러 주변 주택가를 살펴보았다. 현은 지역 경제와 관련된 부동산에 관심이 많았다. 아파트 단지나 작은 마을을 지날 때마다 어렸을 적 부러움에 관련된 추억을 말했다. 전국을 다녀 보면서 항상 느끼는 것이지만 어딜 가나 그 모양새는 비슷비슷하기에 특징을 잡아내기 어려운데 추억이 있다면 세월의 변화에 감격하거나 탄식하게 된다.

날이 저물고 있었다. 현이 조수석 햇빛 가리개를 내려 거울을 보며 말했다.

"오늘은 내려오느라 운전 많이 했잖니, 일부러 걷는 코스를 잡았어."

초점을 잃은 그녀의 눈빛이 오늘 일정이 끝났다고 말하는 듯했다.

"호텔에 차 대고 근처에서 술이나 한잔하자?"

"아, 피곤해. 술은 내일 먹고 오늘은 일찍 자야겠어."

"내일 저녁에는 꼭 한잔하자!"

단호하게 거절한 현을 집에 내려주고 호텔 근처 식당에 들어가 추어탕을 주문했다. 저녁이라 삼겹살을 구워 먹는 손님들이 더러 있었다. 돼지기름 타는 냄새가 역겨운데 먹는 모습을 보니 군침이 돌았다. 그녀가 집에 바로 간 것이 괘씸했지만 나도 피곤하여 잘됐다 싶었다. 기운 차리려고 추어탕 국물까지 남김없이 마셨다. 편의점에서 수입 맥주를 사서 들어왔다. 욕조에 물을 받고 들어가 몸을 풀었다.

불의 정원

세안용 실리콘 브러시로 온몸을 구석구석 마사지하며 붉은빛을 발산하는 가게를 떠올렸다. 그곳엔 창녀들이 정육점의 포장육처럼 진열되어 있다. 제일 청순해 보이는 창녀의 손을 잡고 방으로 들어간다. 창녀를 가학적으로 다뤄야겠다고 마음먹지만 이내 창녀의 아름다움에 노예가 된다. 그녀가 내 몸을 문지르고 내가 그녀의 몸을 문질렀다. 브러시로 내 것을 집중적으로 애무하자 물 밖으로 불끈 솟아올랐다. 잔뜩 흥분되었지만, 내일 벌어질지도 모르는 정사를 위해 참았다. 샤워하고 침대에 기대 티브이를 켜자 잠이 쏟아졌다. 개봉한 맥주가 아까워서 들이켰지만 반도 마시지 못하고 곯아떨어졌다.

아침 일찍 서둘러 현을 집 앞에서 태워 강구항으로 갔다. 그녀는 조수석에 몸을 묻고 스쳐 지나가는 풍경만 바라봤다. 조수석에 앉을 사람은 나였다. 운전하느라 풍경을 제대로 감상할 수 없었다. 강구항에 도착하자 영덕대게를 파는 음식점이 즐비했다. 골목 안쪽으로 들어가자 거대한 해파랑공원이 나타났다. 그곳은 가슴이 확 트이는 곳이었다. 바다를 시원스럽게 만끽할 수 있는 곳이었다. 공원을 산책하고 곰칫국을 먹었다. 곰치와 어울리는 맑은 지리국에는 청량고추와 무 그리고 콩나물만 들어갔는데도 내장이 터져 나와 진한 국물이 되어 맛이 깊고 시원했다.

포항으로 가는 길에 장사해수욕장에 들렀다. 해변에 쓰레기가 많이 밀려 올라와 있었다. 파도가 쓰레기 사이로 흰 포말을 끊임없이 뿜어 올렸다. 어디를 가나 해변은 쓰레기 천지였지만 바다에 떠 있는 문산호 전시장까지 쓰레기가 이어져 있어 언뜻 보면 치열했던 상륙작전의 잔해를 보는 듯했다. 문산호 갑판에서 저 멀리 바다를 바라보는데 포항제철의 굴뚝이 희미하게 보였다.

"포항제철이 여기서도 보이네."

"보이긴 뭐가 보여. 구름밖에 없는데."

문산호 주변 백사장을 거닐다 포항 시내로 가서 점심을 먹고 구룡포 일본인 가옥거리로 갔다. 현은 이때부터 천천히 걷기 시작했다.

"벌써 피곤한 거야?"

"그러게, 이틀째 돌아다니니까 피곤하네."

"나이는 못 속여."

"어제 많이 걸어서 그래."

"난 너랑 다니니까 힘이 난다."

"여기 마저 돌아보고 소원 빌러 갈 거야."

그녀의 발걸음이 빨라졌다. 일제강점기의 잔재가 남아있는 인천, 군산, 목포와 다른 요소를 기대했는데 별반 차이는 없었다. 그녀를 따라 걸으면서 골목 상점을 유심히 살폈다. 특징이라면 다른 지역과 달리 관광객이 많다는 것이다. 그것에 부응하듯 새로 적산가옥 형태로 모양을 낸 가게들이 많이 있어 전체적으로 무대 세트 같은 느낌이 났다.

"이제 마지막 코스로 가서 소원을 빌자."

"벌써 마지막이라고?"

"피곤하다니까."

현은 마지막 코스라고 말한 곳으로 가는 동안 불의 정원에 관해 설명했다.

"불이 꺼지지 않고 계속 타올라."

나는 식지 않고 계속 끓어야 하는 용광로가 떠올랐다. 포항을 상징할 수 있는 관광자원일 듯했다.

"중학교 때 서울로 이사를 해서 고향 모습이 다 낯설어."

"불을 보면 실망할지도 몰라. 점점 약해지고 있거든."

약 100년간 기차가 달리던 남구 효자역과 옛 포항역 사이 구간이 KTX포항역 이전으로 폐철도가 되자 철도길 주변이 도시재생 공원으로 바뀐 곳이었다. 수경시설인 벽천, 음악분수, 스틸아트 작품을 둘러보고 불을 찾았다. 철길 숲을 조성하는 과정에서 관정 굴착 중 나온 천연가스에 불꽃이 옮겨붙었다. 불은 공사 당시 금방 꺼질 것으로 보고 기다렸으나 불길이 꺼지지 않았다. 색다른 볼거리를 제공하기 위해 불의 정원을 조성하고 천년의 불꽃이라 이름 지었다. 그녀가 고개를 쳐들고 유리 울타리 너머 녹이 슨 굴착 기계를 향해 입김을 불었다. 석유 버너 같은 파이프에서 타오르던 불꽃이 흔들렸다. 나는 그녀를 말렸다.

"촛불 같아. 세게 불면 꺼지겠어."

"아니야, 힘을 불어넣는 거야."

순간 기름을 부은 듯 시뻘건 불꽃이 타올랐다.

"너는 불의 여신이구나."

"이 불이 나 죽을 때까지 꺼지지 말았으면 좋겠어. 계속 소원 빌 수 있게."

"죽기 전에 한 번만 나를 활활 태워주지 않을래?"

그녀는 못 들은 척했다. 불꽃은 마지막 발악이라도 하듯이 타올랐다가 수그러들었다. 해가 저물고 있었다. 불꽃 주위로 모인 사람들의 얼굴이 검붉은 빛으로 일렁거렸다. 공기를 가득 채운 습기가 마침내 빗방울을 만들었다. 싸늘한 바람까지 불었다. 나는 불에 바싹 다가앉아 살을 비벼대고 싶었다. 위태로운 불꽃을 한참 바라보던 그녀가 말했다.

"가서 쉬어야지, 내일 운전하려면."

그녀를 태우고 집으로 가는 동안 와이퍼가 간헐적으로 떨어지는 빗방울을 닦아내지 못하고 계속 드르륵거렸다. 아파트 단지 입구에서 차를 세우고 그녀에게 말했다.

"그냥 헤어지기 섭섭한데……."

"올라가면 몸 관리 잘해. 건강이 최고야."

"그래, 시간 내줘서 고마워."

그녀가 내리자마자 뒤도 돌아보지 않고 출발했다. 태풍이 가까이 왔는지 빗방울이 거세지면서 천둥과 번개가 이어졌다. 섬광이 사라진 뒤 빛의 입자가 나에게 스며드는 기분이었다. 피부가 순식간에 건조해지면서 발갛게 피어났다. 중대거리로 향하는 길이었다. 그러나 분노는 기력을 순식간에 떨어뜨렸다. 폭탄을 맞지 않았다면 중대거리로 달려갔을 것이다. 차를 길가에 세우고 대시보드 사물함에서 담배를 꺼냈다. 한 달 전부터 끊었던 담배에 불을 붙이고 창을 조금 내렸다. 연기를 깊이 들이마시고 눈을 가늘게 떴다. 폐에 머금었던 담배 연기를 길게 토해내자 엔진 회전음이 점점 커졌다. 어지러워 끝까지 피울 수 없었다. 불붙은 담배를 그대로 창밖으로 튕겨버렸다.

　호텔에 도착해서 바로 욕조에 물을 받고 들어가 몸을 누이고 눈을 감았다. 눈을 감고 내 것을 조몰락조몰락하며 중대거리의 빨간 드레스를 상상했다. 정 사장 마누라를 닮은 창녀가 드레스를 훌러덩 벗어 던지고 욕조에 들어왔다. 욕조 안에서 파도가 쳤다. 파도는 내 몸에서 부서지고 제멋대로 흩어졌다. 창녀를 부둥켜안고 발버둥 치지만 점점 밑으로 가라앉을 뿐이었다. 손이 자꾸만 미끄러졌다.

　정신을 차리고 침착하게 브러시로 온몸을 쓰다듬었다. 브러시로 발가락에서 뒤꿈치까지 가볍게 쓸어주었다. 발이 가벼워지는 것을 느낄 수 있었다. 발목과 아킬레스건을 가볍게 쓸어주고 종아리부터 허벅지까지 올라가자 부기가 빠지고 피로가 풀리기 시작했다. 엉덩이로 올라와선 부드럽게 쓸어주는 동작을 반복했다. 허리 아래 엉덩이 옆 라인을 꼼꼼하게 쓸어줄 때부터는 기분이 좋아지기 시작했다. 림프샘이 모여 있는 겨드랑이도 반복해서 쓸어주었다. 어깨선에서 턱밑 부위는 조심스럽게 쓸어 올리고. 그다음 볼과 정수리를 둥글게 빗겨주고 마무리했다. 마음은 안정되었지만 끊어진 거미줄이 달라붙어 있는 느낌이었다.

　욕조에서 나와 침대에 벌러덩 누워 스마트폰을 보니 메시지가 와 있었다.

　'같이 더 있고 싶었는데 갑자기 아들이 집에 왔어. 오늘 밤에 아들하고 할 얘기가 있어. 아까, 네 일 잘 해결되라고 소원 빌었다. 내일 조심히 올라가고 다음엔 내가 서울 올라갈게.'

　바로 답장했다.

'돌아다니느라 네 얘긴 하나도 못 들었구나. 서울에서 진짜 술 한잔하자.'

일어나 새로 산 속옷을 입었다. 창가에 꿇어앉았다. 아무리 생각해도 친구처럼 하는 방법밖에 없다. 현이 그렇게 해야 하는 명분을 만들어 줬다. 그녀가 서울에 오기 전에 해결하고 싶어졌다. 영일만을 바라보며 산업화의 거대한 신에게 빌고 또 빌었다. 눈을 감자 멀리서 용광로의 샛노란 불길이 타오르는 모습이 보였다. 예로부터 내려온 희망의 불길이었고 한순간, 한순간 매번 새로운 불길이었다. 그 샛노란 불길에 휩싸이는 순간 나는 흔적도 없이 사라졌다.

[작품 해설]

청년으로부터의 해방, 쓸모없음의 자유

임정연(문학평론가, 안양대학교 교수)

1. 부재의 멜랑콜리

김주욱의 『언니들은 가볍게 날아올랐다』에 실린 7편의 소설을 관통하는 주제는 나이 듦으로 인해 마모되는 삶에 관한 이야기라 할 수 있다. 그러나 환언하자면 무용성과 상실의 감각으로부터 자유로워지는 일에 관한 이야기로 읽을 수 있다는 뜻이기도 하다.

김주욱은 이번 소설집에서 나이 듦에 대한 낭만적 미사여구를 걷어내고 중년의 인물들이 느끼는 불안과 허위의 실체를 서늘하게 해부하고 날카롭게 묘파하는 데 탁월한 감각을 보여준다. 그러나 이 이야기들의 진정한 가치는 작가가 허물어진 중년의 시간을 포용하고자 하는 지점에서 더 나아가 중년 이후의 삶을 재건하는 데 진심을 기울이고 있다는 데 있다. 그러므로 책의 마지막 페이지에 이르러 독자들은 이 소설집의 제목 아래 '중년의 해방일지'라는 부제를 덧붙이고 싶어질지도 모를 일이다.

그렇다면 중년은 과연 무엇으로부터 해방되어야 하는가. 무엇이 중년을 자유롭게 하는가.

여기, 우수와 폐허가 도사린 내면에 갇혀 있는 남자가 있다. 7편의 소설 속 7명의 '나'들은 모두 이혼 위기에 처해 있거나 이혼을 한 상태의 사, 오십 대의 중년 남성이다. 이혼남이지만 각자의 이혼 사유는 중요하지 않다. 어차피 이혼이란 "가랑비처럼 젖어 든 복합적인 요인이 어느 순간 발화하여 걷잡을 수 없이 타들어가는 과정"(「굽다리 요강」)이므로.

이들이 더 견딜 수 없어 하는 건 중년의 한가운데를 지나며 낯설어진 자신의 몸과 정신을 대면하는 일이다. 즉 "새치가 듬성듬성 삐져나오고 광대뼈가 도드라져 보일 정도로 말라붙"은 얼굴과(「경대 앞에서」), 심인성 발기부전이나 전립선 비대증 같은 신체 징후들로 노화를 실감하는 중이다. 일감 없는 프리랜서 공연기획자(「굽다리 요강」)나 히트작 없는 시나리오 작가(「구 씨 여인의 부활」)로 살다 보니 "어느 한 가지 내세울 게 없"고 "남은 인생도 뾰족한 수가 없을 것 같"은(「생선 썩은내가 나지 않는 항구」) 절망과 비관에 빠져 "사소한 것에 화가 나는 증상"(「불의 정원」)이 수시로 나타나지만 어찌해볼 도리가 없다. 철거를 앞둔 갤러리를 지킬 힘도 없거니와 불법 노조 파업 판결로 손해배상 가압류 상태에 처해 있는 등(「불의 정원」) 해결할 수 없는 난관 앞에서 무력함을 느끼고, 주변인과의 친밀한 관계가 어긋나고 단절된 데서 오는 정서적 허기도 이들을 괴롭히는 요인이 되고 있다.

그러니까 이 소설의 '나'들은 자신의 나이가 드러내는 불가항력적이면서도 가혹한 진실 앞에서 잃어버린 것에 대한 상실감과 더는 자신의 쓸모를 증명할 수 없다는 패배감으로 생이 통째로 흔들리는 지진을 경험하고 있는 상태인 것이다.

"마흔이 되면 마음에 지진이 일어난다"는 정신분석가 융의 말대로라면 이야말로 "진정한 당신이 되라는 내면의 신호"라는데, 그렇다면 '나'는 과연 그 신호를 어떻게 알아차릴 수 있을 것인가.

이제부터 이 소설집에 실린 7편의 소설을 '나'의 마음의 질서를 따라 다시 읽어보자.

「레일크루즈 패키지여행」과 「경대 앞에서」를 먼저 읽어 본다. 여기에는 서로를 더 이상 견디기 힘들어서 별거와 졸혼을 선택한 부부가 등장한다. 「레일크루즈 패키지여행」에서 결혼 30년 만에 별거하고 옥탑방을 얻어 나가 살던 아내는 오른 월세를 감당하지 못하고 집으로 들어왔으나 여전히 남편과 이혼할 결심을 하고 있다. 이 상황을 부모의 화해로 받아들인 딸은 화해 선물로 부부에게 서울에서 제천, 단양을 거쳐 경주, 다시 서울로 돌아오는 1박 2일의 고품격 레일크루즈 여행을 선물한다. 더 큰 문제는 그와 그녀가 이 여행의 성격을 서로 다른 의미로 이해하고 있다는 점이다. 그는 이 여행을 "화해의 여행"으로 생각하는 반면, 그녀는 "이별 여행"이라 여기고 있는 것이다. 어떻게든 화해할 기회를 노리는 남편과 여행 일정 내내 뜨개질만 하며 이별을 준비하는 아내의 어긋난 마음은 서로를 겉돌기만 한다. 남편은 "혼자 조용히 뜨개질할 시간이 필요해서"라는 아내의 이혼 사유를 납득하지도, 아내가 뜨개질하고 있는 빨간 목도리의 의미를 이해하지도 못하고 있다. 10년 전 빨간 원피스를 입은 여자와 남편의 외도 장면을 목격한 이후 아내가 느꼈을 배신감과 상실, 분노와 허무를 알지 못하는 것이다. 두 개의 강철 레일처럼 팽팽한 대립과 긴장을 유지해온 두 사람의 관계가 앞으로 어떻게 전개될지는 미지수지만, "빨간 브레이크 등이 길게 이어"진 교통상황처럼 오래도록 정체 상태일 것만은 분명해 보인다.

「경대 앞에서」에도 서로를 이해하지 못한 채로 졸혼을 선택한 부부가 있다. 아내와 졸혼 후 원룸에서 혼자 살고 있는 '나'는 "자궁이 당신처럼 나를 지배해 왔어"라며 애물단지처럼 지긋지긋해하던 "자궁을 적출하듯" 자신과 헤어지고 싶어한 아내의 말을 여전히 이해하지 못한다. 아내 역시 남편에게 필요했던 "은밀한 공간, 깊은 사색에 빠질 수 있는 방"의 존재와 그가 고집스럽게 옮겨온 나전칠기 화장대의 의미를 모르는 건 매한가지다. 화장대를 정성스레 닦고 화장대 거울을 통해 자신의 모습을 비춰보고 화장대 놀이를 하는 화자에게 엄마의 나전칠기 화장대는 엄마의 존재 그 자체이며 화장대가 놓인 방은 "엄마의 뱃속처럼 아늑"하고 원초적인 편안함을 느끼게 하는 공간이다.

흡연을 하던 엄마를 연상시키는 여성 '골초'와 하룻밤 정사를 나눈 다음 날 아침, 화장대 앞에서 마치 자궁 속 태아처럼 "몸을 굼벵이처럼 움츠"리는 나의 행위도 같은 맥락에서 이해해볼 수 있다. 아내의 자궁으로부터 퇴출당한 나가 다시 엄마의 자궁에 자신을 의탁하는 모습은 원래 자신이 있던 곳, 존재의 근원으로 회귀하고자 하는 욕망과 관련이 있다. 그러나 어머니의 자궁은 가장 완벽하게 자신을 보호해주는 안전하고 안락한 곳인 동시에 아직 자아가 형성되지 않은 미숙한 세계라는 점에서 화자의 이런 행위는 자신이 속한 세계와의 갈등을 회피하고자 하는 일종의 퇴행 욕망이라고도 할 수 있다.

　이처럼 두 작품의 저변에는 멜랑콜리의 정서가 흐르고 있다. 다시 말해 더 이상 존재하지 않는 것, 이미 폐기되어버린 것, 사라지고 잊혀 가는 것의 자취를 좇는 부재의 감각이 지배적으로 작용하고 있다는 의미이다. 아이러니한 것은 작가가 들려주고자 하는 진짜 이야기는 이렇게 생의 불가항력적 요소들이 막다른 지점에서 사멸하려는 바로 그 순간 비로소 시작된다는 사실이다.

2. 소멸하는 것들의 운명

　「경대 앞에서」에서 거울을 닦아 나를 비추는 행위의 의미는 「굽다리 요강」과 「생선 썩은내가 나지 않는 항구」, 「불의 정원」에서 '여행'이라는 모티프로 계승된다. 세 소설에서 '나'의 여행은 현재의 결핍과 상실이라는 공통분모 위에서 '귀향'이라는 외피를 입고 있다. 「굽다리 요강」은 노부모가 기다리는 경주의 고향집으로, 「생선 썩은내가 나지 않는 항구」는 청소년기를 보낸 목포의 모교로, 「불의 정원」은 첫사랑의 추억이 머물러 있는 포항을 찾아가는 여정이 서사의 중심을 이룬다. 그러니까 이 여행들은 부모와 추석 명절을 보내기 위해, 친구 '민'과 추억을 회상하기 위해, 첫사랑 '현'과의 재회를 위해서라는 각각의 목적에 의해 계획되었지만, 모두 '향수'와 밀접

한 관련이 있는 셈이다.

인류학자 마르크 오제에 따르면 향수에는 두 종류가 있다. 하나는 우리가 경험했던 과거에 초점을 맞추고, 다른 하나는 우리가 경험할 수도 있었을 과거에 초점을 맞춘다. 다시 말해 단순히 과거로 돌아가는 데 그치지 않고 과거에 일어날 수도 있었지만 일어나지 않은 일, 혹은 일어나지 않을 수도 있었지만 결국에는 일어나 우리의 존재를 형성한 사건들을 되돌리기를 기대하는 것이다.

「굽다리 요강」에서 나는 고향집에서 굽다리 항아리를 발견하고는 어린 시절 엄마를 힘들게 하는 병석의 할머니가 미워 할머니가 돌아가신 후 요강을 마을 천변에 버린 일을 떠올린다. 할머니에 대한 원망과 아버지에 대한 미움, 엄마에 대한 안타까움은 쿠키 양철통 밑바닥에서 발견한 바늘자국투성이의 할머니 그림에 고스란히 남아 있다. 결국 나에게 유년은 현재의 결핍을 보충하는 아름답고 순수한 기억이 재생되는 마법같은 시간이 아니라 할머니를 유기하고 저주했던 주술의 봉인이 해제되는 처참한 기억으로 되살아난다.

「생선 썩은내가 나지 않는 항구」 역시 왜곡된 기억으로 밀봉해버린 진실과 마주하게 되는 사건을 다루고 있다. 학창 시절 "연인이 될 뻔했으나 폭력 사건에 휘말려 서먹해"진 트랜스젠더 무용가 '민'과 '나'는 20년 만에 만나 함께 모교가 있는 목포로 향하는데, 민과 내가 무용과와 미술과에 재학 중 겪었던 끔찍한 학교 폭력의 현장에서 민과 나는 서로 다른 기억으로 갈등이 폭발하게 된다. 당시 나는 여성적 외모로 동경과 멸시를 한 몸에 받던 민을 학교 패거리들로부터 지키기 위해 민에게 가해지는 폭행을 온몸으로 막아냈다. 그러나 전

혁 반대의 기억을 갖고 있는 민은 분노하고, 홀로 목포 거리를 걷던 끝에 나는 스스로 유폐시킨 부끄러운 기억과 직면하게 된다. 혼자 살아남기 위해 비겁하게 민을 부정하고 그에게 자발적으로 폭력을 행사했다는 것, 내가 외면하고자 한 진실은 이것이다.

이처럼 김주욱의 소설에서 향수는 돌아올 수 없는 과거를 그리워하는 쪽보다는 실제로 경험했던 일을 부정하거나 경험하지 않은 기억을 삽입하는 방향에서 작동한다. 기억의 왜곡과 망각이 시간을 잠식하고 있다는 측면에서 보자면, 김주욱 소설에서 고향은 그립고 친숙한 장소가 아닐뿐더러 고향에 대한 나의 향수는 기만적이기까지 하다.

「불의 정원」은 '나'가 10년 만에 연락이 닿은 초등학교 동창 '현'과 포항에서 보낸 이틀 동안의 여정을 담고 있다. 기대와는 달리 진한 화장과 나잇살이 붙은 중년 여성이 되어 나타난 현과의 첫 대면처럼 나와 현의 여행은 실망과 어긋남의 연속이다. 어린 시절 살던 '청림동'에 대한 나의 기억이 사실과 달리 왜곡되고 재구성된 것처럼 각자가 살아낸 시간과 견뎌온 세월을 짐작할 수 없는 두 사람의 대화는 내내 겉돌다 공기 중에 흩어져 버리고, 현과 정사를 계획했던 나의 은밀한 기대 역시 수포로 돌아간다.

이쯤에서 이 소설들의 배경이 경주, 목포, 포항이란 점을 눈여겨볼 필요가 있을 것 같다. 이들은 도시재생사업으로 원도심과 신시가지가 나뉜 중소 도시들로, 어떤 의미에서 폐허의 풍경과 소멸해가는 시간을 운명처럼 품고 있는 장소들이라 할 수 있기 때문이다. 경주는 고택이 모여있는 오래된 골목과 아파트, 유적지와 관광지가 "섬처럼 단절"되어 있고(「굽다리 요강」), 목포의 거리들은 구도심의 빈 가게들과 리뉴얼 공사가 진행되고 있는 상가가 뒤섞여 있다(「생선 썩은내가 나지 않는 항구」). 그리고 죽도 어시장에서 옛 포항역과 주변 집창촌, 북포항우체국거리, 송도해수욕장, 그리고 강구항, 해파랑 공원, 장사해수욕장으로 이어지는 포항 거리에는 속절없는 시간이 표류하고 있다(「불의 정원」).

  결국 모든 의도와 계획이 무산된 '나'의 여행 뒤에 남은 것은 목적 없는 걸음들 뿐이다. 그래서 여행 내내 폐허의 시간과 소멸해가는 장소들 속에서 이어지는 나의 '걷기'는 세월에 저항하거나 그것과 충돌하는 대신 되돌릴 수 없음을 인정하고 시간의 비가역성에 순응해가는 삶의 과정을 은유한다.

  「불의 정원」에서 나의 여정이 용광로가 있는 '불의 정원'에서 끝난다는 사실이 의미심장한 이유는 이 때문이다. "마지막 발악이라도 하듯이 타올랐다가 수그러"드는 "위태로운 불꽃"처럼 여행의 끝에서 내가 확인한 것은 남루한 현존을 수용해야만 한다는 사실이다. "중년이 넘도록 불을 제대로 지펴 활활 타오른 적이 없었"(「굽다리 요강」)던 나는 이제 마지막 불꽃을 피우지 못한 회한과 후회, 자책 대신 "흔적도 없이 사라"질 인간의 운명과 질서를 수용하게 될 것이다.

  그래서 서울을 떠나 고향을 찾아가는 장면에서 시작한 이 이야기들은 돌아가야 하는 이유와 명분을 찾음으로써 끝이 난다. 걷기가 끝나는 곳에서 소설 속 '나'들은 그때는 몰랐으나 이제는 알게 된 진실 앞에서 더 이상 도망가거나 회피하지 않기로 한 것이다. 물론 돌아가야 할 이유와 명분을 얻었다고 해서 해결되는 건 없다. 하지만 그 해결되지 않음이 생의 '다음'을 사유하는 토대가 되어줄 것이다.

이처럼 결핍과 상실로부터 달아난 이 여행은 내가 만든 생의 얼룩과 말라버린 인연과 비루한 시간의 파편들을 확인하는 과정에 불과한 듯이 보이기도 하지만, 이 여행의 의미가 이뿐만은 아니다. 왜곡되고 은폐된 기억을 거슬러 도달한 상처의 진원지를 찾아가는 여정은 나를 부인해온 시간을 돌파함으로써 내 과거와 현재, 미래를 잇는 실존적 동일성을 회복하기 위해 나의 내면에서 절박하게 요청된 것이기 때문이다. 결국 인간에게 허락된 운명이란, 삶의 동공과 심연을 외면하지 않고 소멸의 운명을 겸허히 받아들인 채 허무와 고독, 갈증과 허기의 시간을 결연히 통과해 가는 것뿐인지도 모르겠다.

3. 쓸모없음의 자유

「언니들은 가볍게 날아올랐다」와 「구 씨 여인의 부활」은 몸의 구속을 벗고 삶의 중력에서 벗어나 비상하고 부활하는 여성의 삶을 남성 화자의 시선을 통해 보여주는 작품들이다. 여기에 이르러 비로소 나는 "내가 세상의 중심이 된"(「굽다리 요강」) 1인칭 주인공의 세계에서 물러나 타자의 삶을 목격하고 증언하는 관찰자 혹은 전달자의 자리에 서게 된다.

「언니들은 가볍게 날아올랐다」는 세 여자와 한 남자의 일본 여행 여정을 담고 있다. 일본 소설 독서모임에서 만난 네 사람의 공통점은 모두 이혼을 했다는 것, 이들은 "자유의 몸이 된 것을 기념"하자는 데 의기투합해 일본 여행을 떠난다. 사실상 이 여행의 내막은 언니들이 "그것을 무사히 마친 몸을 위로하는" 완경 기념 여행이라는 것이다.

사십 대 말의 이혼남인 '나'가 유쾌하고 생기발랄한 이 '언니'들의 여행에 동참할 수 있었던 건 "사내다움이 부족하고 특별히 잘하는 것도 없"는, 그야말로 "아무짝에도 쓸모없"는 인물이라는 점 때문이다. 언니들에 의해 남자의 '쓸모'를 인정받지 못한 덕분에 나는 세월과 성별을 넘어서는 이 유쾌하고 평등한 공동체의 긍정 에너지를 전하는 목격자가 된 것이다. 생물학적 여성의 신체를 덜어낸 언니들과 남성의 역할을 부여받지 못한 화자는 그야말로 젠더성에 갇히지 않는 "온전한 사람"으로 인간적인 교감을 나눈다. 언니들의 이런 관계는 남성과 여성이라는 생물학적 성에 구속되지 않는 젠더 플루이드(Gender fluid)적인 삶이 도달할 수 있는 우정이 어떤 모습인지를 보여준다.

한걸음 더 나아가 「구씨 여인의 부활」은 육신의 짐을 벗고 가볍게 날아올라 기화해버린, 그래서 마침내 부활한 여자의 사연을 기록하는 남자의 이야기다. 사정은 이렇다.

히트작 없는 시나리오 작가인 '나'의 앞에 한때 "연인이 될 뻔"했던 선배가 오 년 만에 유방암 말기 선고를 받은 채 나타난다. 선배는 자신이 사후 시신을 기증해 디지털 아바타가 되는 가상인체 프로젝트 계획을 들려주며 나에게 그 프로젝트의 기록 작가가 되어달라고 부탁한다. 나는 선배의 사연과 프로젝트의 모든 과정을 '여인의 부활'이란 다큐멘터리 영화로 만들어 남기기로 한다.

그런데 이 소설에는 나와 선배의 사연 말고도 두 개의 이야기가 중첩되어 있다. 선배가 연구원으로 참여했던 미라 발굴 작업, 즉 파주 야산에서 발굴된 조선시대 임신한 여성 미라의 사연과 나의 상상 속에서 만들어진, 조카와 정을 통하고 임신한 채로 사형을 당한 구 씨 여인의 서사가 그것이다. 이 두 개의 이야기는 나와의 하룻밤 정사 뒤 자기 몸 안에 생명을 품고 영원히 사는 운명을 택한 선배의 이야기와 상동성을 이룬다. 그러나 조선의 미라가 우연히 발견되어 가혹했던 시대와 억울한 죽음을 항변하는 반면, 선배는 운명을 비관해 자진하는 대신 스스로가 불사의 존재로 박제되어 불의한 시대에 투항하고자 하는 것이다. 그리고 나는 선배가 몸에 새긴 억압과 구속의 상흔과 파편을 추적하고 수집해 부활한 삶의 증인이 되기로 한다.

두 소설에서 '나'가 다른 존재의 비상과 부활의 목격자가 될 자격을 얻은 것은 내가 주체의 자리가 아니라 삶의 객체가 되는 경험을 겸허하게 수용했기 때문이라 할 수 있다. "내가 세상의 중심이 되는 노마드적인 삶"(「굽다리 요강」)이란 이렇게 나를 중심으로 하는 삶에서 해방되어 타인의 세상을 응시할 수 있을 때 비로소 가능해지는 것이 아니겠는가.

그럼 이제 다시 질문해 보자.

중년은 과연 무엇으로부터 해방될 수 있는가? 아니, 무엇이 중년을 해방시키는가?

김주욱의 『언니들은 가볍게 날아올랐다』를 읽는 시간이란 이처럼 수동태의 문장을 능동형의 문장으로 바꾸어 놓는 과정에 다름 없을 터이다.

젠더의 구속, 몸의 부자유, 정신의 불구, 관계의 한계... 자유로운 중년이란 이렇게 자신을 가두고 있던 '청년'의 시간에서 해방됨을 의미한다. 그리고 중년의 해방은 무용함의 유용함, 쓸모없음의 자유를 아는 데서 시작될 수 있다. 나이 듦으로 인한 상실을 받아들이지 못하고 자신을 부정하고 세월에 맞서느라 중년을 소진해버리는 것만큼 어리석은 일은 없다, 고 소설 속 '나'들은 저마다의 삶을 통해 역설한다. 되돌릴 수 없는 시간에 대한 비관과 체념에 사로잡히지도, 어설프게 청년의 패기와 오기를 흉내 내지도 말라고, 그저 자연이 내준 길을 묵묵히 따르는 생체리듬을 익혀 쓸모없음의 자유를 누리라고.

그러니 이 책을 읽는 독자들이여, 부디 작가의 이런 묵직한 전언에 귀 기울일 수 있기를. 내 안의 청년의 열기를 가라앉히고 다른 존재의 몸과 마음에 공명하면서 파괴와 생성, 무의미와 의미, 몰락과 구원, 무상함과 영원함 사이를 흐르고 넘나드는 삶을 누릴 수 있기를, 그리하여 "자신을 담가두던 영토에서 벗어난 새로운 영토를 찾아 나"서는 길에서(「언니들은 가볍게 날아올랐다」) 마침내 도약하고 비상하는 순간을 만나게 되기를, 그 안에서 내내 자유롭고 평안하기를.

[다시 읽는 참사의 후일담]

클럽팬텀

클럽에서는 멀쩡하던 고객의 눈시울이 차츰 벌겋게 달아올랐다. 그녀의 눈에서 눈물 한 방울이 부풀어 오르더니 추락하듯 떨어졌다. 그는 타고난 눈물치료사였다.

클럽팬텀

"실컷 웃으면 눈물이 납니다."

라미가 차분한 목소리로 첫 멘트를 연습했다. 라미의 멘트를 들으면서 전체 조명을 조금씩 어둡게 조절하다가 아니다 싶어 도로 밝게 했다. 모니터에 그녀의 윤곽이 차츰 선명해졌다. 미소가 슬퍼 보였다. 상담심리학을 전공했다는 그녀는 목소리가 차분하고 연기력도 있는데 몸이 너무 말라 포근함이 부족했다.

오픈 후 한 달 동안 고객의 반응을 분석했다. 눈물치료사에 의해 감정에 복받친 눈물을 흘리는 순간 스트레스가 극에 달했던 고객은 눈물을 흘린 직후 편안해진다는 것을 알 수 있었다. 눈물은 꼬인 마음과 응어리진 감정을 풀어준다. 속이 후련해지면서 공격 본능과 적대감이 사라진다. 눈물치료사들에게 고객이 초기 상태로 돌아간 순간을 놓치지 말고 다가가서 살며시 안아 주어야 완벽하게 마무리된다고 강조한다. 실제로 눈물을 쏟아 내고 나서 눈물치료사에게 푸근함을 느낀 고객은 다시 왔다.

전체 조명을 어둡게 하고 라미의 정수리에 각도를 맞춘 스폿 조명을 밝혔다. 그녀의 염색 머리칼이 불빛에 반사되었다. 이십 대 후반이지만 밝게 염색해서 대학생으로 보이는 그녀는 출입문을 향해 눈을 감고 다소곳하게 앉아 있었다. 나는 마이크로 라미의 무선 이어폰을 점검했다.

"고개를 더 숙이고 있다가 조명에 맞춰 조금씩 들어."

라미가 고객을 사로잡을 수 있도록 모든 요소를 라미의 스타일에 맞게 연출했다. 조명을 점검하는 동안 바깥에선 검은색 정장에 검정 넥타이를 맨 고객이 기다리고 있었다. 첫 방문 때 그녀와 시간이 맞지 않자 그냥 돌아간 그가 이번에도 그녀를 고집한 것이 신경 쓰였다. 그는 사십 대 초반 아니 후반까지도 볼 수 있었는데 처음에 왔을 때보다 권태롭고 퉁한 표정이었다. 검게 그을린 얼굴에 수염을 길렀고 도드라진 광대뼈에 깊이 팬 주름이 가득했다. 몸은 처음보다 더 깡마른 느낌이었다.

고객이 바에서 몰트위스키를 마시며 담배를 피웠다. 코로 뿜어져 나온 담배 연기가 위스키 잔에 가득 찼다. 그는 담배 연기가 뒤섞인 위스키를 단숨에 비웠다. 바텐더가 얼음만 덩그러니 남은 유리잔을 다시 채웠다. 그는 담배를 피우다 말고 쇼핑백에서 곰 인형을 꺼내 흔들어 보았다. 시커먼 진흙이 묻어 있고 배가 터져 솜이 삐져나온 노란색 곰 인형은 입을 벌리고 웃고 있었다. 그는 곰 인형을 쇼핑백에 넣고 위스키를 마저 마시고 상의 안주머니에서 리본으로 장식한 선물을 꺼냈다. 나는 카메라를 조정해서 화면을 확대했다. 종이 각통에 그려진 분홍색 꽃과 벌새는 잘 보였는데 로고는 흐릿했다. 그는 선물을 코에 대고 숨을 들이마셨다. 한 손에 들어올 정도로 작은 종이 각통을 장식한 리본에 작은 카드가 끼워져 있었다. 그는 카드를 뽑아 내용을 읽어 보고 다시 리본에 끼워 넣었다.

오픈 5분 전, 헤드셋으로 바텐더가 라미에게 최종 보고를 했다.

"말없이 담배만 피웠는데 상태가 좋지 않아."

비즈니스호텔 바에서 바텐더로 삼십 년간 일한 그가 말을 못 붙일 정도라면 패닉 상태일 가능성이 높았다. 바텐더에게서 고객 정보를 받지 못한 라미가 긴장할 것 같았다. 그녀에게 파이팅 멘트를 날렸다.

"오늘은 살짝 건드려도 울음보가 터질 것 같다. 잘해 봐."

라미가 고객을 기다리는 방을 암전시켰다. 그가 걷는 복도에 자욱한 안개가 깔렸다. 안개는 신비한 느낌을 내려는 효과였다. 천장에 달린 카메라가 그의 동선을 따라갔다. 희미한 불빛을 따라 십 미터가량 복도를 걸어가던 그는 문이 한 뼘 정도 열린 방 앞에 섰다. 방문엔 '밑이 없는 우물'이라고 쓴 팻말이 걸려 있었다. 문을 열고 발을 잘못 디뎠다간 끝없이 추락할 것 같은 기분이 드는 방이었다.

방 안에선 민소매 원피스를 입은 라미가 자신의 팔뚝을 거칠게 쓰다듬다가 고개를 들었다. 복도 쪽 고객을 줌인했다. 키가 커 보이는 그가 문을 살짝 열고 문틈으로 그녀를 바라봤다. 죽은 자의 모습처럼 영혼이 없어 보였다. 만만치 않을 거라는 예감에 나도 긴장되었다.

눈물치료를 받고 싶은 고객은 이곳에 오기 전에 클럽팬텀 예약 사이트에서 체크리스트를 작성해야 한다. 나는 체크리스트를 통해 고객의 성향을 파악하고 눈물을 뽑아낼 맞춤형 플랜을 세우는 고객의 눈에 보이지 않는 유령이다.

　월간지 문화부 기자 시절 뮤지컬 '오페라의 유령'에 관해 특집 기사를 낸 적이 있었다. 실재하는 파리 오페라 극장을 배경으로 한 '오페라의 유령'은 초대형 무대장치로 유명했다. 공연을 일사불란하게 진행하는 무대 뒤를 취재한 것은 내가 최초였다. 감독은 무대 왼쪽 벽 뒤에서 관객의 눈에 보이지 않는 유령이 되어 뮤지컬을 연출했다. 수십 개의 버튼이 달린 감독 데스크 위에 무대와 객석 곳곳을 비추는 모니터들이 있었다. 커튼콜이 끝나고 오케스트라의 '플레이 아웃'만이 객석을 빠져나가는 관객 사이에 흐를 때 나는 보이지 않는 곳에서 세상을 움직이는 감독이 되고 싶었다.

　클럽팬텀의 유령은 눈물치료사를 통해 최면을 걸거나 은연중에 마법의 약품을 분사하여 눈물을 자극하고, 때론 한술 더 떠 눈물치료사를 울려 고객이 마음껏 울 수 있는 분위기를 만든다. 유령의 지시를 받는 눈물치료사는 고객이 스스로 울 수 있게 분위기를 잡을 줄 알아야 한다. 그 분위기는 공감대를 끌어내는 일종의 심리기법에 기초한다. 대부분 사람이 상대의 말을 잘 들으려 하지 않고 자신의 말만 하기 때문인지 공감대 형성은 고객의 이야기를 잘 들어 주는 것만으로도 충분하다. 눈물샘이 바짝 말라 버린 고객의 경우 억지로 눈물을 흘리게 만드는 기술을 터득한 치료사는 팁을 많이 받는다. 내가 눈물 사업을 시작하게 된 계기는 여행 때문이었다.

　그해 봄 여객선을 타고 섬나라 여행을 준비했다. 나는 비행기를 타고 가자고 했으나 선아는 여객선으로 왕복하는 패키지 상품을 골랐다. 선아는 여객선 특실에 올라 항구를 바라보며 만족스러워했지만 나는 침대에서 소독약 냄새가 나서 싫었다. 안개가 짙어 선박들이 출항을 포기하는 것을 보고 여객선을 취소하고 비행기로 가자고 했다가 선아와 싸웠다. 나는 여객선에서 내렸고 선아는 남았다. 여객선은 다른 선박들이 출항을 포기했던 시간으로부터 두 시간 후에 화물을 더 싣고 출항했다고 한다. 허용된 적재량의 3배 이상 화물을 싣기 위해 배를 안정시키는 평형수를 방수하고 출항한 것이다.

다음 날 나는 비행기를 타고 먼저 섬에 도착해 선아를 놀래줄 계획이었다. 공항 대합실에서 뉴스를 보다가 여객선의 사고 소식을 접했다. 누구는 테러를 당했다고 했고, 누구는 선주가 엄청난 보험금을 노리고 배를 일부러 폭발시켰다고 했다. 또 누구는 거대한 음모가 있다고 했다. 사고 당시 지시를 따르며 객실에서 구조를 기다린 사람들은 침몰하는 배에서 빠져나오지 못했다. 그러나 지시를 따르지 않은 사람들은 배가 가라앉기 전에 무사히 탈출했다. 배가 뒤집혀 바다로 가라앉는 소용돌이에 빠졌을 선아를 생각하자 숨이 막혔다. 사고 현장과 가까운 항구로 달려가려는데 선아에게서 전화가 왔다. 천만다행이었다. 선아도 내가 배에서 내린 다음 얼마 지나지 않아 내렸다고 했다. 우린 각자 휴대전화에 대고 소리 내어 울었다. 울다 보니 몸이 떨리고 땀이 났다. 속이 후련해지면서 그동안 쌓였던 스트레스가 말끔히 사라졌다. 그 눈물은 모든 감각을 살아나게 하는 각성제가 되었다. 그때부터 눈물을 연구하기 시작했다. 알고 보니 눈물을 실컷 흘리고 났을 때 속이 후련해지고 몸이 가벼워지는 것은 단순히 기분상의 문제가 아니었다. 마음껏 울고 나면 실제로 뇌와 근육에 산소 공급이 증가하고 혈압이 일시적으로 낮아진다. 그래서 자주 울면 심장병 같은 스트레스 관련 질환에 걸릴 염려가 없는 것이다. 눈물은 스트레스를 받을 때 분비되는 카테콜아민 호르몬을 몸 밖으로 배출시킨다. 이 호르몬이 몸속에 남아 있으면 만성 위염 같은 소화기 질환을 일으키고 혈중 콜레스테롤 수치를 높여 심근경색이나 동맥경화의 원인이 되기도 한다. 또한 눈물은 인간의 면역력을 높여준다. 눈물을 흘리고 나면 아드레날린이나 코르티솔 같은 호르몬이 줄어들어 부교감 신경이 확장되면서 면역력이 향상되는 것이다.

 고객이 방문 손잡이를 잡았을 때 음악을 낮게 깔았다. 아이들이 부르는 합창곡이었다. 그는 합창곡을 들으며 벌어진 틈에 눈을 대고 방 안을 들여다봤다. 방 안에서는 바다 냄새가 날 것이다. 건어물의 짭조름한 냄새와 미역 냄새가 뒤엉킨 깊은 바다의 냄새였다. 그는 인터넷으로 예약할 때 바다를 선택했는데 가고 싶어서가 아니라 안 좋은 추억 때문이라고 했다. 방문 앞에서 합창곡을 듣던 그의 표정이 일그러졌다.

 눈물 사업을 구상할 때 걸림돌이 하나 있었다. 눈물의 효과를 제대로 만끽하려면 몸속에 쌓인 케케묵은 감정의 앙금을 모두 토해 내듯이 목 놓아 울어야 한다는 점이었다. 그러려면 눈물 자극제가 필요했다. 마늘과 양파에 들어 있는 황화알릴과 이황화알릴프로필을 주성분으로 가공한 눈물샘 자극제 개발에 자금을 모두 털어 넣었다. 냄새를 없애는 데만 몇 년이 걸린 약품은 단순히 전해질을 뽑아내는 역할에 그쳤지만 그 정도만 해도 대단한 성공이었다. 선아에게 약품을 실험해 보았다. 약품을 선아 몰래 향수 뿌리듯이 분사하고 내가 그녀를 얼마나 배려하고 있는지 떠들어 댔더니 바로 눈물을 흘렸다. 감동한 눈치였다.

어쨌든 눈물을 흘리면 스트레스가 해소된다. 반드시 가슴속 깊은 감정을 끌어내지 않아도 어느 정도 분위기를 조성하고 적절한 타이밍에 눈물 자극제를 사용해서 눈물을 터트리면 고객은 자신의 감정이 움직여서 울었다고 착각할 수도 있다. 혹은 울려고 온 사람이기 때문에 그렇게 믿고 싶을 수도 있을 것이다. 그것도 아니면 그냥 눈물을 실컷 흘렸다는 것에 만족하는 고객도 있을 것이다.

1차로 개발한 약품의 테스트 기간을 거쳐 특허를 신청했다. 누구나 돈이 될 만한 아이템은 바로 따라 하기에 안정장치가 필요했다. 약품을 믿고 눈물 사업에 본격적으로 뛰어들었다. "숨겨진 눈물을 찾아드립니다. 이젠 마음껏 우세요."라고 광고 문안을 작성했다. 고객의 마음을 치료하는 것. 사업의 성공 여부는 카타르시스에 있었다. 눈물을 통해 카타르시스를 느끼게 하려면 고객을 오래, 세게, 길게, 크게 울려야 했다.

클럽팬텀에는 두 종류의 눈물 방이 있다. 슬픔 또는 아픔으로 끌어내는 눈물 방이 있고, 기쁨이나 즐거움으로 점화되는 눈물 방이 있다. 기쁨이 슬픔으로 전이되어 흘리는 눈물은 사람을 깨끗이 정화한다. 기쁨의 눈물 상품은 따로 개발하여 평생회원들을 위한 전용상품으로 만들기로 했다. 기쁨의 눈물 프로세스는 감정이 서서히 불타오르다가 자신이 이렇게 좋아해도 되나 하고 의문이 드는 순간, 꿈이 아니길 그래서 기쁨이 계속 지속하기를 바라다가 이 기쁨을 만들어준 그동안의 고통이 떠올라 기쁨은 눈물을 자극하는 불씨가 되는 것이다.

담배를 피우려고 창을 열었다. 멸치국물 냄새가 스며들었다. 이 상가 일 층에는 칼국수 가게가 있다. 대를 이어 삼십 년이 넘은 칼국수 가게는 밤 열 시부터 새벽 네 시까지만 문을 연다. 메뉴는 감자 전분으로 만들어 속이 훤히 들여다보이는 고기부추만두와 칼국수다. 한번 먹어보니 쫄깃한 면발과 각종 해물로 우려낸 육수가 일품인데 클럽팬텀에서 울고 나온 고객은 어김없이 칼국수와 만두 한 접시를 말끔히 비우고 집으로 갔다.

고객이 클럽팬텀에서 횡격막이 떨릴 정도로 감정을 실어 목 놓아 울거나 복직근이 떨릴 정도로 격렬하게 울면 내장도 덩달아 출렁거리면서 장 기능이 좋아지고 허기가 질 것이다. 맘껏 울고 나면 면역 글로불린 G라는 항체가 두 배로 증가하는데 그 영향력으로 소화력이 좋아지기 때문이다. 상가 건물을 나서면서 뜨거운 증기가 뿜어져 나오는 칼국수 가게의 구수한 냄새를 맡고도 그냥 지나칠 고객은 별로 없는 모양이다. 후련하게 비운 속을 달래기 위해 후측거리며 칼국수를 먹고 나면 세상 부러울 것이 없을 것이다. 지금 상가를 통째로 사려고 협상 중이다. 상가를 인수하면 제일 먼저 칼국수 가게를 내보내고 내가 그 자리에 칼국수 가게를 차릴 작정이다.

고객이 천천히 문을 열고 방에 들어왔다. 스폿 조명은 그가 앉을 의자를 비추고 있었다. 딱딱하지도 푹신하지도 않은 일인용 가죽 소파다. 안개가 불빛에 모여들어 느릿하게 움직였다. 그가 문을 닫는 순간 배경음악을 껐다. 전체조명을 조금 밝게 조정했다. 조금 있으면 해가 뜰 것처럼 사물의 윤곽이 드러났다. 라미에게 큐 사인을 내렸다.

"자, 시작하자. 파이팅."

고객은 양미간에 힘을 주고 라미와 소파 사이를 가로막고 있는 반투명 커튼을 훑었다. 그것은 고객과 치료사 사이의 경계였다. 만일 고객이 눈물치료를 받다가 흥분하여 그 경계를 넘어서면 바로 클럽에서 쫓겨나게 된다. 반대로 눈물치료사는 경계를 넘어도 상관없다. 경계 너머 스탠드형 의자에 그녀가 앉아 있었다. 배경 조명을 조금 더 밝게 하자 그녀의 윤곽이 더 선명해졌다. 굵은 웨이브의 가냘픈 여자의 실루엣이 벽에 그려졌다.

"앉으세요."

고객이 방안을 둘러봤다. 다섯 평 정도의 공간이다. 그의 요구대로 실내는 여객선의 내부처럼 꾸며놓았다. 방의 절반을 가로지르는 정련되지 않은 빳빳한 촉감의 노방 커튼에 푸른 조명이 비쳐 마치 바다 속에 들어온 느낌이었다. 그는 소파에 앉은 다음 그녀를 바라보며 인사했다.

"드디어 만나게 됐군요."

"어떤 음악을 좋아하세요?"

"음악은 필요 없습니다. 조용한 게 좋아요."

카메라를 조절해서 고객의 얼굴을 끌어당겼다. 방에 들어와서도 굳은 표정이었다. 그를 라미가 잘 소화할 수 있을까 긴장되었다. 클럽팬텀의 눈물치료사 중에는 개그맨이 되어 고객을 얼이 빠지게 웃기다가 어느 순간 분위기를 바꿔 슬픈 이야기를 시작할 수 있는 눈물치료사가 있다. 베테랑은 아무리 경직된 고객이라도 그 전환점을 마련할 수 있는데 그렇지 않은 경우라면 약품으로 해결해야 한다.

"실컷 운 게 언제였나요? 기억나세요?"

"어머니가 돌아가셨을 때였습니다. 그러고 나서 십여 년 전 가슴이 새까맣게 타 버릴 만큼 상처를 받았는데 이상하게 눈물이 나오지 않았습니다."

"그동안 한 번도 울지 못했다는 거예요? 선생님은 우는 연습부터 하셔야겠네요."

"연습이 필요한가요? 여기 오면 실컷 울게 해준다고 해서 왔는데……."

"울려고 하지 말고 웃어보세요."

"울려고 왔는데 웃으라고요?

"잘 웃을 수 있는 사람이 잘 울 수 있어요."

"그럼, 먼저 웃겨 보시든가요?"

"역설적인 표현이에요. 그만큼 우는 게 어렵다는 거예요."

라미는 긴장한 탓에 너무 서두르고 있었다. 전체 조명을 조금 낮추고 그녀의 얼굴 아래 스폿 조명을 강하게 했다. 그녀가 앉은 뒷벽에 설치한 무드조명도 켰다. 그녀의 슬픈 미소가 더 매력적으로 보였다.

이곳을 오픈하기 전 먼저 눈물치료사를 모집해서 교육했다. 연기파 여배우, 상처를 받은 여자, 학대받은 여자, 범죄 심리를 전공한 여자, 보기만 해도 울음이 날 정도로 애처로운 외모를 가진 여자를 비롯하여 정말 다양한 여자가 지원했다. 하지만 정작 마음에 든 여자는 슬픈 미소를 지닌 여자였다.

라미는 면접 때 고객 관리를 어떻게 할 것이냐는 질문에 편안한 친구가 되어 고객의 마음을 열어 보겠다고 했다.

"사람들은 늘 생각과 의견을 논리적으로 말하도록 강요받으며 살아왔어요. 자연스러운 느낌이나 기분을 말했다간 미숙하거나 주관 없는 사람으로 여겨지죠. 그래서 사람들은 자기 마음을 드러내는 일에 서툰 거예요. 감정은 논리적으로 말할 수 없거든요. 가장 가까운 사람에게도 자신의 바닥을 드러내지 못하고 감추게 되지요. 자신의 더러운 속내가 드러나 비난받을까 봐 두려운 거죠. 사람들은 자신의 간사하고 악한 감정을 남김없이 드러내 놓아도 공감해 주는 곳이 필요해요. 제가 클럽팬텀에서 일하게 된다면 고객의 가슴속에 갇혀 있는 자유로운 영혼이 빠져나올 수 있게 도와줄 거예요."

라미가 TV에 나오는 어떤 연예인을 닮았더라면 결정을 못 하고 고민했을 것이다. 그러나 그녀는 좌우대칭의 조각 같은 미인이 아니라 독특한 개성을 지닌 여자로, 어떻게 보면 미인 축에는 끼지 못하는 얼굴이었다. 그녀의 볼굴대를 관찰하며 곰곰이 생각했다. 그녀의 뺨과 입에 퍼져 있는 근육이 입꼬리 주변으로 잘 모여 미소를 만들어 내고 있었다. 그 미소는 슬픔을 감춘 미소였다. 슬픔을 감추고 점잖고 단아하게 보이려다 보니 얼굴 근육이 굳어버려 나오는 미소였다. 그녀가 깊은 상처를 안고 있을 거라는 감이 왔다. 그녀의 슬픈 미소는 고객의 억눌렸던 감정에 불을 붙일 수 있다고 판단한 것이다. 그녀가 고객의 억눌렸던 감정을 남김없이 태워 주기를 기대했다.

웃겨 보라는 고객의 반응에 라미는 잠시 당황했지만 슬픈 미소를 지으며 말했다.

"요즘 세상에선 우는 것보다 웃는 게 더 어려운 일이긴 해요."

"그렇습니까? 울기 전에 크게 웃어보고 싶습니다."

"사람들은 살아가기 위해 웃는 연습을 하지요. 웃고 있지만 실상은 울고 있는 거지요. 뒤에서 울지언정 남들 앞에선 웃어 보이는 거예요."

"어서 웃겨 주십시오. 웃으면서 우는 게 어떤 건지 느껴 보고 싶군요."

서둘러 프로젝터를 켰다. 라미를 위해 전환을 시도한 것이다. 대화가 중단되고 고객은 한쪽 벽면에 나타난 사각의 프레임을 바라봤다.

"먼저 동영상 한 편 감상하실게요. 제목은 남자의 일생입니다."

한쪽 벽면으로 빛바랜 듯한 이미지가 한 장면씩 넘어갔다. 동영상은 다큐멘터리로 요즘 라미가 슬럼프에 빠져 특별히 준비한 프로그램이었다. 갓난아이가 세상을 향해 힘차게 우는 장면이 나왔다.

"선생님은 울음으로 세상에 자신의 존재를 알려야 한다는 사실을 몰랐습니다. 그때 누군가 선생님의 엉덩이를 때렸습니다. 순간 당신은 정신이 번쩍 나면서 엄마 배 속에서 세상에 나온 게 서럽다는 듯이 온몸을 바르르 떨며 첫울음을 터뜨렸습니다. 그때 흘렸던 눈물을 기억하십니까?"

고객은 숨을 깊이 들이쉬었다가 내쉬었다. 그러다가 돌연 말문을 열었다.

"딸애가 태어났을 때의 모습이 생각납니다. 우렁찬 울음소리를 들으면서 난 아프지 말고 건강하게 자라라고 기도했습니다."

음악을 틀었다. 밝고 경쾌한 바이올린 연주곡이었다. 음악 소리가 너무 커서 라미가 해설을 하는 데 애를 먹는 것 같아 소리를 줄였다. 벽면에 펼쳐진 화면이 차차 밝아지면서 갓난아이가 클로즈업되었다.

"선생님은 천장에 달린 모빌을 바라보며 배고프거나 졸릴 때 울었습니다. 목청을 가다듬고 크게 울수록 사람들의 반응은 빨랐습니다. 이때 약간의 눈물을 흘려주는 걸 잊지 않았습니다."

"나는 갓난아기였을 때 버려졌습니다."

"눈물에 대한 반응은 약해지고 선생님은 눈물을 흘리며 떼를 써야 했습니다. 그러나 눈물을 흘리며 떼를 쓰는 것도 얼마 가지 못했습니다. 나이를 더 먹어서는 눈물을 흘려봤자 아무것도 얻을 수 없었습니다."

"그건 맞습니다. 보육원에서 우는 아이는 굶겼으니까요."

"어른이 되어서는 눈물 대신 웃어야 한다는 사실을 깨달았습니다. 잘 웃을수록 선생님에 대한 평가가 좋아졌습니다."

영상의 내용이 마음에 들지 않았다. 차라리 행복한 가족의 모습을 연달아 보여 주고 미소 짓게 한 후 고객이 자신의 상황과 비교하게 만드는 것이 효과적이었을 것 같았다. 그가 자리를 고쳐 앉았다. 그는 아이가 침대에 누워 옹알이하는 장면에서 눈을 감고 말했다.

"딸애는 잘 울지 않았습니다. 잘 울어야 목청이 좋아진다고 해서 하루에 한 번 정도는 일부러 울렸습니다."

"남성은 눈물샘을 자극하는 프로락틴이라는 호르몬이 여성보다 적습니다. 더구나 어려서부터 남자는 눈물을 흘리지 말아야 남자답다는 사회적 압박을 받으셨을 거예요. 어쩌면 눈물은 여성의 전유물이라는 인식이 자리 잡은 건지도 몰라요. 직장생활을 하면서부터 원만한 조직 생활을 위해선 웬만해선 감정을 드러내지 않고 참아야 하셨겠지요."

"번듯한 직장에 다녀본 적이 없습니다."

"선생님은 너무 힘들어 보여요. 가끔 울고 싶을 때가 있으셨지요? 남성분들은 애인과 헤어지고 슬픈 영화를 봤을 때, 너무 분하고 억울해서 안주도 없이 술을 들이켤 때 눈물을 흘리고 싶어도 눈시울만 촉촉해지는 경우가 많아요. 아무도 없는 곳에서 감정이 복받쳐 올라와도 마찬가지예요."

"마음을 추스를 여유도 없었습니다. 그저 굶지 않으려고 달렸습니다."

"상처받은 순간을 되새기며 눈물샘을 자극해도 역시 마찬가지였을 거예요. 언제부터인가 감정 조절을 주로 하는 뇌의 변연계와 대뇌피질의 작용이 둔화한 것이죠."

고객은 라미의 말에 공감하지 못하는 표정이었다. 그는 화면과 그녀의 입을 번갈아 보며 생각에 잠기더니 잠시 눈을 감은 채 말했다.

"십여 년 전 딸애를 내 가슴에 묻고도 눈물 한 방울 흘리지 않았습니다. 너무 분하고 억울해서 눈물이 나지 않았습니다. 그날 이후로 지금까지 한 번도 울어본 적이 없습니다. 너무 화가 나면 눈물이 전부 말라 버리는 모양입니다."

고객이 쇼핑백에서 곰 인형을 꺼냈다. 그는 시커먼 진흙이 묻어 있고 배가 터져 솜이 삐져나온 곰 인형을 두 손으로 감싸 안았다. 라미가 곰 인형을 유심히 바라봤다.

"딸애가 가방에 달고 다니던 인형이었습니다."

나는 곰 인형을 줌인하면서 마이크에 대고 말했다.

"사연이 나오려고 한다. 설명 그만하고 빨리 이야기를 끌어내."

"선생님은 스트레스가 점점 쌓여갔습니다. 매일같이 달리기를 했고 명상음악을 들으며 눈 감고 가부좌를 틀어도 몸속 어딘가에 커다란 돌이 자리 잡고 있는 느낌이었을 거예요."

고객은 천천히 숨을 들이마시더니 다시 천천히 내쉬었다.

"내 가슴에 커다란 돌이 박힌 것 같습니다."

"두려워하지 말고 울어 보세요. 그러면 그 돌이 눈물에 녹아 사라질 거예요. 눈물샘에서 분비되는 눈물 성분에는 프로락틴과 부신피질자극 호르몬이 함유되어 있습니다. 이 호르몬은 뇌하수체에서 생성되어 스트레스를 받을 때 혈액 속에 녹아 흐릅니다. 눈물이 흐르면 이들 호르몬이 몸 밖으로 빠져나가 스트레스가 풀려요."

"그땐 정말 울다 지쳐 죽고 싶었습니다. 그런데 눈물이 나오지 않았습니다."

잠시 침묵이 흘렀다. 라미가 침묵을 깨고 말했다.

"아픈 상처를 치료하기 위해선 다 털어놓으셔야 해요."

"여기도 똑같군요. 어딜 가든 그저 얘기해 보라고 하지요. 정신과 의사 앞에서도 내 이야기를 실컷 했지만 치유되지 않았어요. 점쟁이는 그나마 편하더군요. 자기가 알아서 내 이야기를 해 주니까 듣기만 하면 됐어요. 근데 집에 와서 생각해 보니 모두 뻔한 얘기였어요. 그래서 더 답답해졌지요. 난 지금도 그저 답답해서 울고 싶을 뿐입니다."

고객의 감정이 무르익어가지 못하고 자꾸만 어긋나고 있었다. 눈물을 자극하는 약품을 방향제 분사기를 통해 두 번 분사했다.

"일단 선생님에 대해 잘 알아야 하거든요."

"내 이야기를 하라고요. 여기서 내 이야기를 하면 정말 울 수 있습니까?"

"그럼요, 마음이 아팠던 일, 슬펐던 일, 고통에 차서, 한이 맺혀서 목 놓아 울고 싶었던 일을 다 이야기하세요."

약품으로 눈물을 자극해도 고객은 아무런 반응이 없었다. 라미를 비추는 스폿 조명을 더 강하게 했다. 그녀가 머뭇거리는 순간 그가 일어나서 노방 커튼 앞으로 다가와 말했다.

"눈물치료사들의 프로필을 보다가 아가씨를 선택한 건 내 가슴에 묻은 딸애와 나이가 비슷하기 때문이었습니다. 그애가 살아있다면 아가씨만큼 아름다울 겁니다."

"선생님을 보니 따님은 분명 미인이었을 거예요."

라미는 노방 커튼에 아롱이는 불빛을 바라보았다. 그는 그녀의 눈을 잠시 바라보더니 입을 열었다.

"당신의 눈빛이 흔들립니다. 당신의 눈에 불빛이 반사되어 흔들립니다."

라미가 눈을 감더니 고개를 숙였다. 단호한 표정을 지은 그가 그녀에게 주문을 걸듯 말했다.

"저 조명 불빛이 흔들립니다. 배를 타고 있는 것처럼 흔들립니다."

라미가 주문에 걸린 듯 중얼거렸다.

"먼저 제 이야기를 해 드릴게요. 저는 바다가 무서워서 배를 타지 못해요. 사고를 당했어요. 아직도 악몽을 꾸지요. 천둥 같은 폭발이 이어져요. 성난 파도가 나를 덮쳐요. 머리가 벽에 부딪힌 것처럼 정신이 혼미해져요. 배에서 탈출하려고 의자로 창문을 깨려고 했던 친구들의 비명이 들려요. 그 애는 자기는 수영을 잘한다며 구명조끼를 나에게 입혀 배 밖으로 밀어냈어요. 내가 선실에서 나가는 순간 배는 빠른 속도로 기울었어요. 거친 파도가 배를 뒤흔들고 화물이 미끄러져 내렸어요. 배가 바닷속으로 가라앉는데 아무도 구하러 오지 않았어요."

침묵이 흘렀다. 내가 담배 한 개비를 다 피우고 나서도 침묵은 이어졌다. 나는 마이크에 대고 말했다.

"정신을 얻다 두고 있는 거야?"

라미가 아랫입술을 빨아 당기고 있다가 놓으면서 말했다.

"머릿속에서 검푸른 바다가 떠나지 않아요."

"딸애도 바다에서 사고를 당했습니다. 의문이 끊이지 않는 참사였습니다."

"뭐라고 위로를 드려야 할지……."

"위로를 받은들 무슨 소용이 있겠습니까."

"좋았던 시간을 자꾸 떠올려 보세요."

"돈 버느라 바빴습니다. 한숨 돌리고 아버지 역할을 제대로 해 보려고 집에 왔더니 딸애는 내 곁을 떠나고 없었습니다."

고객이 방안을 서성거리다가 배를 잡고 몸을 심하게 떨었다. 바닥에 노란 곰 인형이 떨어졌다. 곰 인형은 터져 나온 솜을 어떻게 해 달라고 말하는 듯했다.

이때다 싶어 약품을 고객을 향해 설치한 방향제 분사기를 통해 고객의 머리 위로 세 번 분사했다. 약품이 방안에 퍼지는 동안 라미의 표정이 일그러졌다. 그녀의 슬픈 미소는 사라지고 입술이 바르르 떨리면서 눈시울이 붉어졌다. 그녀는 눈을 질끈 감고 감정을 더 살려 보려는 듯했다. 잠시 후 그녀가 한바탕 눈물을 흘릴 태세로 양미간을 찌푸리자 바로 눈물이 흘러내렸다. 그가 고개를 떨어뜨리며 말했다.

"그땐 정말 죽고 싶었습니다. 그런데 십여 년이 지난 지금도 이렇게 배가 터진 곰 인형을 품고 버젓이 살아 있습니다."

아무 말도 못하는 라미의 몸에 가볍게 경련이 일었다. 상황이 계속 역전되는 분위기였다. 그녀가 고객에게 울게 해 줘서 고맙다고 돈을 줘야 할 것 같았다. 그에게 여성 고객을 위한 눈물치료사로 일해 볼 생각이 있냐고 물어 보고 싶었다. 잠시 후 전체 조명을 조금 더 밝게 했다. 이상한 일이었다. 보통 고객의 감정이 격해졌을 때 약품을 한 번만 분사해도 고객은 울먹이기 시작했다. 그 순간 눈물치료사가 따뜻한 말로 살짝 부추기던 고객은 목 놓아 울었다. 그런데 그는 약품을 여러 번 분사해도 끄떡없었다. 그녀가 일어나 울먹이는 목소리로 커튼을 쓸어내리면서 말했다.

"용서하세요."

"그들을 용서하란 말입니까?"

"분노의 불길을 잡을 수 있는 것은 용서뿐이에요. 용서하지 않으면 그 고통이 끝없이 선생님을 괴롭힐 거예요."

"연미는 아직도 바닷속에 있어."

그녀가 커튼을 붙잡고 흐느끼기 시작했다. 눈물이 볼을 타고 떨어졌다. 그는 주저앉아 흐느끼는 그녀 앞에 곰 인형을 내려놓았다. 그녀는 눈물로 범벅이 된 얼굴로 복받쳐 울다가 곰 인형을 품에 안았다. 전체 조명을 더 밝게 했다. 그와 그녀의 모습이 아침을 맞은 것처럼 확연하게 드러났다. 나는 마이크에 대고 말했다.

"지금 다가가서 안겨."

그녀는 돌덩이처럼 움직이지 않았다.

"어서!"

그녀는 귀에 끼웠던 무선 이어폰을 빼서 던져 버렸다. 그녀가 커튼 뒤에서 울부짖는 모습은 마치 물에 빠져 허우적거리는 모습 같았다. 그가 커튼을 넘어가서 그녀를 다독거린 후 소파에 앉혔다. 나는 직원을 호출하려다가 어떤 상황인지 조금 더 지켜보기로 했다.

고객이 소파에 앉아 흐느끼는 라미를 살며시 안았다. 그녀가 몹시 떨자 그는 그녀를 더 세게 안았다. 뒤가 깊게 파인 원피스라 야윈 등이 그대로 드러났다. 그의 표정이 일그러지면서 입술 가장자리가 바르르 떨렸다.

"눈물이 나오지 않는구나."

그가 왜 갑자기 반말을 하는지 알 수 없었다. 그녀는 그를 대신해 눈물을 계속 쏟아냈다. 그가 그녀를 지그시 바라보며 말했다.

"너라도 이렇게 살았으니 얼마나 다행인지 모른다."

그녀는 어느새 무릎을 꿇고 있었다.

"나만 살아나온 게 미안해서 지금까지 잠을 제대로 못 자요."

그가 상의 안주머니에서 선물을 꺼냈다. 한 손에 들어오는 종이 각통에 노란 리본이 묶여 있었다.

"연미 서랍에 있더라. 카드를 보니 네 생일 선물이더구나. 전해줘야지 하다 세월이 이렇게 흘렀어."

그녀는 리본에 끼워져 있던 카드를 빼서 읽고 잠시 카드를 쥐고 있다가 갑자기 방을 뛰쳐나갔다. 그도 그녀를 따라 방에서 나갔다. 이런 경우는 처음이었다. 직원을 호출하려는데 전화가 왔다. 그녀였다.

"너 지금 뭐 하는 거냐?"

"그만둘래요. 더는 못하겠어요."

"뭐라고? 내가 너한테 한 게 얼만데?"

"죄송합니다."

"그 자식 아는 놈이냐, 일부러 널 찾아온 거지?"

전화가 끊겼다. 뭐라고 욕이라도 한바탕 퍼부어 주고 싶었는데 울먹이는 목소리 때문에 기회를 놓쳤다. 그녀를 잡으려고 지하 계단을 뛰어 올라갔다. 직원 라커룸으로 뛰어 들어가니 이미 옷을 갈아입고 나간 뒤였다. 라커룸에서 활짝 핀 구절초 향기가 났다.

그녀는 프로의 자질이 부족했다. 어떠한 상황에서도 끝까지 최선을 다하게 만들 운영 시스템으로 바꾸기로 했다. 눈물치료사의 기본

급을 없애고 오로지 수당으로만 하든지 클럽의 눈물방을 눈물치료사에게 하나씩 분양하는 게 좋을 것 같았다.

 클럽팬텀에서 나와 별처럼 반짝이는 간판 조명으로 가득한 거리를 돌아다녔다. 자동차 불빛이 어지럽게 이어졌고 사람들이 어디론가 바쁘게 걸어가고 있었다. 골목을 헤매다 클럽으로 들어가려는데 구수한 해물 냄새가 났다. 칼국수 가게는 여전히 손님이 많았다. 빈자리가 있나 살펴보다 안쪽 구석에 앉은 라미와 고객을 발견했다. 그녀에게 전화를 걸었다. 전화를 받지 않았다. 잠시 후 다시 전화했다. 그녀는 휴대전화를 확인하고도 받지 않았다. 칼국수 가게 앞에서 담배를 피워 물고 두 사람을 계속 관찰했다. 담뱃불은 순식간에 필터까지 타들어갔다. 바닥에 내던진 담배꽁초에 가래를 전부 끌어올려 뱉고 칼국수 가게로 들어갔다.
 라미와 고객은 주문한 칼국수를 기다리며 먼저 나온 만두를 먹고 있었다. 옆자리에 앉아 칼국수를 시켰다. 내가 큰소리로 칼국수 한 그릇을 시켰는데도 그녀는 옆을 돌아보지 않았다. 그는 만두 접시를 그녀 쪽으로 밀었다. 촉촉한 만두피가 먹음직스럽게 소를 감싸고 있었다. 그와 눈이 마주쳤지만 피하지 않고 양미간에 힘을 줬다. 그는 초점 없는 시선을 만두로 옮겼다.
 "마저 먹어라."
 "드세요, 저는 많이 먹은 걸요."
 몸을 옆자리로 기울여 귀를 세웠다. 라미와 고객이 앉은 테이블엔

엄숙한 분위기가 장막처럼 돌려 있었다. 그가 마지막 만두를 젓가락으로 집어 올리면서 말했다.

"매년 그날이 오면 만두를 쪄서 바다로 간단다. 연미는 만두를 무척 좋아했어."

그때 거의 백발이 된 머리를 짧게 자른 노파가 칼국수 두 그릇을 쟁반에 담아왔다. 노파는 칼국수를 옆 테이블에 내려놓으면서 손을 몹시 떨었다. 국물이 테이블에 흥건하게 떨어졌다. 노파가 이마의 땀을 닦으며 어쩔 줄 몰라 하다가 행주를 가지러 갔다. 그가 냅킨으로 테이블을 훔쳤다.

어느새 가게 안에 손님들이 가득 찼다. 나는 후루룩거리며 칼국수를 먹기 시작했다. 그런데 두 사람은 묵념하듯이 고개를 숙이고 가만히 있었다. 클럽에서는 멀쩡하던 고객의 눈시울이 차츰 벌겋게 달아올랐다. 그녀의 눈에서 눈물 한 방울이 부풀어 오르더니 추락하듯 떨어졌다. 그는 타고난 눈물치료사였다. 나는 두 사람을 바라보며 일부러 후루룩거리며 칼국수를 먹었다.

고객의 눈망울이 새빨갛게 달궈지더니 눈물이 흘러내렸다. 그는 칼국수 한 젓가락을 입에 넣고 흐르는 눈물을 계속 훔쳐냈다. 클럽 팬텀이 울리지 못한 고객을 칼국수가 울렸다. 저런 고객을 위해 눈물 자극제를 새로 개발해야 할 것 같다. 국물을 들이마시며 두 사람을 계속 힐끔거렸다. 두 사람은 통통 부은 국수 면발처럼 변해갔다. 칼국수를 먹으러 들어온 사람들이 빈자리를 찾아 두리번거렸다. 배를 채운 나는 그녀에게 내일 사무실에서 얘기 좀 하자고 문자 메시지를 보내고 일어났다.

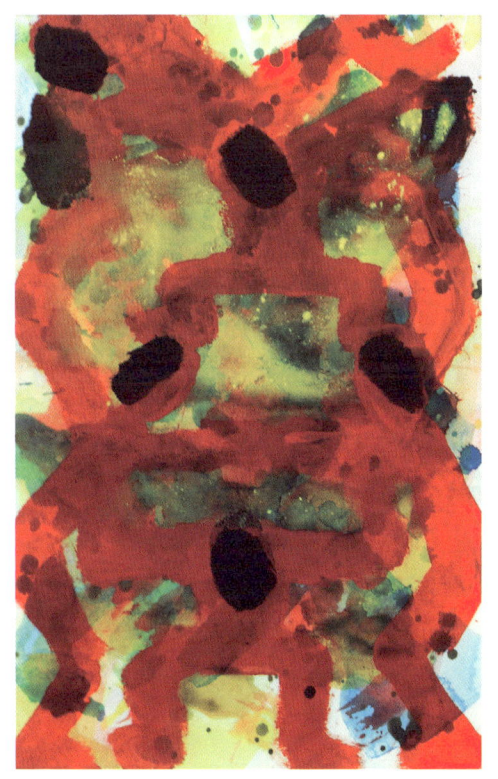

수록 작품 발표지면

「구 씨 여인의 부활」 2022년 공동소설집 『그녀들의 조선』 나무달

「언니들은 가볍게 날아올랐다」 2021 『문학나무』 가을호

「레일크루즈 패키지여행」 2022 제9회 경북일보청송객주문학대전
　　　　　　　　　　　　단편소설 부문 은상

「경대 앞에서」 2023년 『한국소설』 6월호

「굽다리 요강」 2022년 공동소설집 『feat.죽음』 카논

「생선 썩은내가 나지 않는 항구」 2021년 『한국소설』 3월호

「불의 정원」 미발표

「클럽팬텀」 2020년 전태일문학상수상자 공동소설집 『팬덤 클럽』
　　　　　북치는소년

화가 소개

양경렬

 추계예술대학교 서양화과. 독일 함부르크 국립 조형 미술대학교 수료. 국민대학교 일반대학원 회화과 졸업. 2004년부터 독일 함부르크와 중국 베이징 그리고 한국을 포함해서 20번의 개인전과 다수의 그룹 및 기획 초대전, 국제 아트페어에 40회 이상 참여하였다. 2015년 서울 예술재단 제1회 포트폴리오 박람회 우수상, 2016년 양주시립 장욱진 미술관 뉴드로잉 프로젝드, 제18회 광주 신세계 미술제에서 우수상, 2020년 양평군립미술관 아트 컨테이너로 선정되었다. 정부 미술은행(국립 현대 미술관), 경기도 미술관, 영은미술관, 양주시립 장욱진 미술관, 양평문화재단, 양평군립미술관에 작품 소장되어 있다.

개인전

2024 Hedgehog's Dilemma / 정향재 / 서울

2023 정물:경계의 제스처 / 라운디드플랫 / 서울

2022 박제된 시대 / 오분의 일 / 광명

2022 박제된 시대 / 아트노이드 178 / 서울

2021 시대경계 / 아터테인 / 서울

2020 두 개의 풍경 / 양평 아트 컨테이너 / 양평

2020 정의되지 않은 일상 / 아터테인 / 서울

2018 아니, 그것은 끝나지 않았다. / 영은미술관 / 광주, 경기
2018 플롯처럼 서사처럼 / 신세계 갤러리 / 광주, 전남
2017 문득, 나에게 나의 안부를 묻는다 / 아터테인 / 서울
2017 연극적 삶 / 광록화랑 / 서울
2016 조각풍경 / J갤러리 / 서울
2015 조각풍경 / Unit one Gallery / 베이징, 중국
2015 서울시 용산구 우사단로10길 88 / kiss 갤러리 / 서울
2014 선택 또는 새로운 균형 / 해안통 갤러리 / 여수
2014 piece : on the road / 아뜰리에 터닝 / 서울
2013 Free will / 모아갤러리 / 파주
2013 반사적 선택 / 아트 스페이스 휴 / 파주
2006 Alpha Eins gallery in Hamburg Germany "sehen" / 함부르크, 독일

수록 그림 목록

[표지 그림 소개]

　인간의 이중성을 바탕으로 이루어지는 선택에 대해 질문을 던지고 있다. 작품에 반사적 선택에 대한 고민이 강한 이미지로 표출되고 있다. 작품에서 나타나는 반사는 모두가 다르게 생각하는 시각적 은유다. 반사적 선택은 살면서 진중한 선택을 해야 한다는 반문이고 쇼펜하우어가 말한 자신의 자유의지를 표출하기 위한 몸부림이다.

We were in conflict with them 182x227cm Oil on linen 2017

have a long look 38x55cm Oil onpaper 2016

[단편소설 재해석 그림]

구씨 여인의 부활 45x53cm Oil on linen 2022

굽다리 요강 30x30cm Oil on linen 2022

언니들은 가볍게 날아올랐다 45x53cm Oil on linen 2022

생선 썩은 내가 나지 않는 항구 53x45cm Oil on linen 2022

경대 앞에서 53x45cm Oil on linen 2022

불의 정원 25x25cm Oil on linen 2022

레일크루즈 패키지 여행 40x40cm Oil on linen 2022

양경렬 tug of war 80x130cm oil on linen 2012

[단편소설 여운 그림]

위선을 내려놓고 자존감을 가진 인간을 묘사한 'Naked King' 시리즈

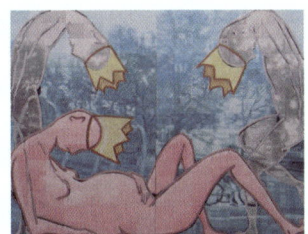

Woman 300x200cmx2 oil on linen 2015

red-light 25x25cm oil on linen 2015

couple 60x80cm oil on linen 2015

wait 25x25cm oil on linen 2015

man on a horse 25x25cm oil on linen 2015

touch 25x25cm oil on linen 2015

play with fire 25x25cm oil on linen 2015

untiled22 29x21cm acrylic on paper 2005